北区西ヶ原

留学！　できますか？

澤井繁男

未知谷
Publisher Michitani

目次

第Ⅰ部　西ヶ原四丁目

第Ⅱ部　染井霊園

北区西ヶ原

＊

留学！　できますか？

第I部 西ヶ原四丁目

1　羽根

その年、冬がいつもより早く訪れた。まだまだ晩秋の紅葉を愉しめるだろうと思っていた北野耕輔は、冬になる頃に飛びまわる雪虫がもう大気に満ちていることに気がついた。そのなかで深呼吸すると虫どもが肺腑に吸い込まれるのではないかと思った。だが、それは考え過ぎで、口腔を経てくるのは冷気以外のなにものでもない。というのは、雪虫が北海道でしか現われないと知っていたからだ。物の本によると油虫が変身したものだという。それがたまたま白色で初冬に大気中をふらふらと舞うのだから冬到来の徴だとみなされているのかもしれない。

このまま東京では気温が下がり、やがて正月を迎える。しかし北海道の冬と違って、東京の正月は蒼穹におおわれ、雪に慣れ親しんできた耕輔は拍子抜けしたものだ。予備校生のとき正月に帰省せず過ごした折の風景が胸に焼きついていた。

どこかの駅のプラットフォームに貼ってあったポスターに、浅草寺境内で行なわれる羽子板市にはっとなったのはほかでもない、園田初子を誘ってみたいと思ったからだ。札幌の母への手土産に手ごろな羽子板を買うつもりでいたのだが、そのとき前々から気になっていた初子のことが不意に浮かんだ。

初子は、「そんなイベントがあるの？」と驚いた素振りだ。そしてしばらく遠くに目線をやってから、「わたしでよかったら」、と石に躓《つまず》いたような応え方をした。

耕輔が学生時代を送っていた教室は専門のインドネシア語科の募集人数がたった二〇名だったから、正方形でとても狭い。初子に声をかけた際、なぜかわからないが、初子ひとり居残っていた。

関東外国語大学のインドネシア語学科を選択したのは、オランダ語を学べる機会があったからだ。インドネシアは昔日、オランダの植民地であり、東インド会社も設置しており、日本をはじめとして東洋の諸国との交易の基地となっている。それゆえオランダ語講座が併設されているのだろう。耕輔は是非オランダ語を習得してかの国の文化を学んでみたかった。それは江戸時代の鎖国体制で、なぜ、西洋諸国のなかでオランダだけが貿易国として残ったのか、その理由を知りたかったからでもある。

耕輔の学年は男女ともに一〇名ずつで性別の数に偏向はなかった。ひとつ上の学年では、女子が一四名、男子六人といった偏ったクラス編成だ。耕輔は三浪していたので、現役で進学してきたその他の学生と歳の差があり、二年次生よりも年かさだ。このことが、男女一〇名ずつのクラスのなかでの心理的なバランスをこわす方向へといざなった。

たった三歳の年齢差、これは五〇、六〇歳になればなんともないことだが、青年期には特別な意味を持つ。思春期では三歳の帯びる「成長度」が大きくものを言う。

二年生が主催して開いてくれた新入生歓迎食事会のとき、各自自己紹介をした。意外なことに、一〇名の女子学生がみな本心では「英米語学科」への進学を希望していたが、偏差値が及ばずにインドネシア語学科を選択した、と打ち明けた。その宴にはインドネシア語学科の主任教授も出席しているのに、あからさまな「告白」に耕輔はたじろいだ。それは関東外大に入れば、どの語科でも構わない、という意味にも取れた。そうした雰囲気のなかで耕輔はきちんとオランダ語を習得したいと述べた。他の男子学生の場合、関東外大は就職が良い、とか英語の教職の単位を取得して高校の教諭を目指したいとか言う者もいた。耕輔を除いてだれもインドネシアと関係する動機を述べなかった。

女子学生が英米語学科を狙っていたことの底流に、とにかく英語を話せるようになりたい、そのために英米語科圏のいずれかの地域に留学したい、というもくろみがある。

耕輔のように専攻語学科に正式に名前の挙がっていないオランダ語習得希望者などは例

外中の例外だ。

ここで三歳年長であることが思いのほか効き目になった。同学年のクラスメイトとつるんでいなくとも気が楽だったからだ。インドネシア語は言うに及ばず、オランダ語の会得にも力を注ぐことが出来た。


一〇名の女子のなかで園田初子が耕輔の気を惹いた。ある日、教室の窓が何者かに壊されて、ガラスの破片が床に散らばっていた。誰からも片づけようという気配は伝わってこなかった。そのとき初子がやおら席を立って、教室の隅にある用具入れから箒と塵取りを取り出してひとり破片を集め出した。耕輔はやっぱりと思った。初子を除いていったい誰が清掃作業をするか。

勉強の出来る出来ないは関係がない。ひとの心の隙間を満たしてくれるこうした何気ない行ないや所作にこそ、ほんとうの人間としての魅力が湛えられている。ぬくもりを感じる、と言ったらよいだろうか。

羽子板市に誘ったのも、こうしたわけがあった。

初子は決して容姿端麗ではない。顔が大きく、連れ添って歩くにはたいていのひとは歓んでといった具合にはいかないだろう。山家《やまが》育ちの女の子と言ってもあてはまるかもしれない。だが、性格がよい。これに尽きる。容貌で判断する域を越えていた。耕輔自身もいわゆるイケメンではない。ちょうどよい組み合わせだ。

浅草の浅草寺に近い地下鉄の駅で二人は下車すると、薄暗いプラットフォームを歩いて、「浅草寺」と記された矢印の出口のほうに向かった。ここらあたりは下町と呼ばれるのだろう。耕輔の下宿が大学周辺にあって、大学と下宿の往復で毎日が経って行くので、浅草のような場所はものめずらしく目が覚めるような気分に見舞われた。

初子も、地上に出てうかがえる周辺の風景に魅せられたようで、「素敵、素敵」と声を弾ませた。初子は長野県上田市出身で、渋谷区に下宿しているとのことだ。渋谷区から北区西ヶ原にある大学に通学するのに一時間余かかるらしい。閑静な住宅街を抜けて小田急線の参宮橋駅から新宿まで出、山の手線に乗り換え大塚で降りる。そのあとは都電を利用して大学最寄りの停車場で降りる。線路を横切って二、三軒の店舗を過ぎて南北に通じている幅の狭い道を越える。するとすぐ左手に長々と続く灰色のブロック塀を横目に七分ほど歩くと大学の正門に着く。

都電が西ヶ原キャンパスのある地域に下町の風情をかもしだしている。だが正門から一歩構内に足を踏み入れると、大学という知的な機関がおおかたその風趣を消し去っている。

だから、初子のあげた、素敵、という叫びはもっともなことだ。耕輔も声には出さなかったが、同じような感慨を抱いた。

江戸の情緒がいまだ消えずにどこかしら漂っている。それは文京区の根津や湯島などを散策したときのそれに似ている。墓地と坂の多い土地柄に染み込んでいる匂いが立ち上がっていた。初子にそこまでの情趣を求めるのは無理かもしれないが、耕輔はその種の趣《おもむき》を敏感に看取した。

二人はゆっくりと歩いて、「雷門」と記された大きな赤い提灯の下をくぐって、どこかの活気にあふれる市場とも見まごう仲見世に入っていった。両側にいろいろな品を売る店屋が軒をつらねている。色彩豊かな玩具の国か御伽の国かに迷いこんだようだ。

「北野君、ありがとう、誘ってもらって。わくわくしてしまう」

「ほんとだね。こうもいろいろな品を売っている店が立ち並んでいるなんて、信じられないよね。何か買ったら？」

「……いいの。みるだけで愉しいから」

「もうすぐ羽子板市の会場のはずだよ」

「いろいろなこと知ってるのね」

「そんなことはないよ。『タウン・ページ』や駅のプラットフォームのポスターに広告が載っていたから、きてみようと思っただけなんだ」

「なら、加奈も誘えばよかった」

初子はいつも一緒に行動している友人の名前を挙げた。

「広芝さんのこと？」

「そう。加奈も歓ぶと思うわ」

耕輔はここで初子に気づいてほしいと念じた。広芝加奈ではなくて園田初子に声をかけた訳を。加奈は初子にくらべて数段上の美貌の持ち主だ。でも、耕輔のこころを惹きつけなかった。美人だが冷たい感じが湧きたっていた。つんとしているところもあって鼻についた。我慢すれば、加奈ほど横に置いて歩くにふさわしい相手はいなかったのだが……。

「広芝さんは、二年生とつき合っているだろう？　こっちが気配りするには及ばないよ」

そう言い切った耕輔の強張《こわば》った表情に初子の視線が突き刺さるように飛んできた。耕輔は一瞬、まずいことを言い放ったか、と思った。

「どうかした？」

「北野君、加奈が二年生とおつき合いしてるなんて……そんなことないわよ」

「でも、何て言ったっけ、あのひと……」

「蕪木《かぶらぎ》さんのこと？」

「そうそう」

耕輔が正門から出ようとしたある日、広芝加奈と蕪木洋司がこぞって前庭のベンチに坐り、お喋りに興じているのをみかけた。そのとき気づかれたと感知したのか加奈がベンチから腰を上げて耕輔に向けてお辞儀をした。その意味するところを何とはなしに耕輔は感じ取ってはいた。けれどもそのときだけのことで忘れてしまっていた。

二年生の男子が四月の歓迎食事会のときに盛んに新入生の女子に話しかけていたことは記憶に新しい。同学年の女子から相手にされないのだな、とピンときた。入学したばかりの女子を巧みにモノにしようという魂胆が歴然とうかがえた。

耕輔は三浪しているから無論、二年生よりも年上だ。その分、一年生の女子にとってみれば、年上で他の男子学生とは異なる存在だ。加奈の取った行為を初子に話してみた。

「そんなことがあったの？　そのときの加奈の気持ち、北野君にはわかってほしいな」

「わかる、って。いったいどういうふうに」

「……わたしからは言えないこと。北野君の心根にかかっている、と思うわ」

「そういうことか。心根？　難しいなあ」

「あらっ、相手を思いやる正直な心配りのことよ」

初子は目をくりくりさせた。それはおそらく加奈には見出せられない表情だろう。こういうところにも初子を誘ったわけが潜んでいる。

やがて仲見世通りの殷賑《いんしん》さが途切れて、羽子板市の会場にたどりついた。入場料は取らないようで、しぜん二人はなかに入った。

とつぜん初子が、「きれい、きれい」と素っ頓狂な声を張り上げた。その奇声に耕輔は思わず初子の顔を正面から見入った。満面の笑みを浮かべている。これほどに歓んでくれるとは思ってもいなかった。耕輔は「きれい」とは感じなかった。むしろ整然と並べられている各店舗の羽子板の醸し出す風趣に息を呑んだ。

「見事だね。圧倒されるな」

「そうね」

「ゆっくり、見物といこうか」

「ええ。……やっぱり、加奈も誘っておくべきだった。あの子、こういった市が好きなの」

「そう。ぼくがわるかったよ。広芝さんのことなんて念頭になかったから。ごめん」

頭《こうべ》を垂れると、初子が、

「これから加奈のこと、考えてあげてね」

「それには応えられない。ぼく個人の問題に関わるからね」

片側の露天に初冬の陽光が差し込んで商品の上で戯れている。

「わかってほしいな」

話が意外な方向に傾いていていく。羽子板市まできて、広芝加奈の話柄におよぶ、その必然性などどこにもない。かといって、もっとぼくたちだけの話をしようとは口にのぼらせない。それはこれからの課題だ。初子と加奈とは仲がよいから、お互いのことをいつも話し合っているのだろう。でも、それは耕輔には関係のないことだ。

仮に耕輔が原因で二人の仲にひびが入っても、知らぬことだ。

「ひとつ、お袋への土産に買って行こうかな」

「なら、わたしが選んであげる」

その積極性は正直うれしかった。

「園田さんが選んでくれた、と言ったら、お袋は目を細めると思うな。それでは頼もうか」

初子は一軒一軒、店先でたたずみながら、目を凝らして物色し始めた。

「北野君、浮世絵みたいな図柄や歌舞伎役者を象《かたど》ったものも多いわね」

「ああ。たぶん木綿で作って板に張りつけているのだろう。役者絵ならぬ役者貼りだね。

あれは市川団十郎、その隣が市川中車、そして坂田藤十郎、といったところだね」

よく知っているわね、という初子の声を耳にしながら、品定めをするかのように耕輔もじっくりと目を走らせ、歩を重ねた。江戸情緒らしきものが漂っている。江戸の文化がなべて装飾的だとはどこかで読んだことがあったが、それは羽子板ひとつを取っても顕われている。

「お母さんの趣味はどういうふうなの?」

不意を突かれた問いだ。母の趣味まで思いがいたったことはなかった。それで、妙な応えだとはみなしながらも、

「普段、和服を着ていて、洋装は珍しい、かな?」

「あらっ、素敵な方じゃないの」

初子の思わぬ対応に耕輔はほっとした。

「着付けの教室を開いているからだと思っている」

実際、母は和服がよく似合った。着物の柄に合わせた帯の決め方などを生徒たちに教えていることもあり、それを耳にしたときなど、当を得ているな、と得心が入ったものだ。

「ねえ、あれなんか、どう?」

初子の指さすほうを見遣った。

「あれかい？　あれは見返り美人像じゃないか。もっと滋味なのがいいと思う」

「そうかしら。和服好みのお母さまにはぴったりだと……」

ひょっとしたら初子は、心の糧としての「滋味」を、「地味」と取り違えているかもしれない。

「たぶんお袋は、役者モノを歓ぶと思うな。日本舞踊もやっていて、芝居が好きなんだ」

「へえ、聴く限り、粋な方ね」

「まぁ、あんまり自慢できる話ではないけれど、花街《かがい》のことに詳しくてさ」

初子は「花街」という音に首を傾げた。耕輔はこの術語がふつうのひとには通じがたいことを知っていたので、すぐに、「花柳界のことだよ」とつけたした。

「そっか、花柳界のことなのね」

「そう、両方とも、『花』の字を共有してるだろ」

「お母さん、粋筋の方？」

初子から「粋筋」などという文言が出てくるとは思いも寄らなかった。

「よく知ってるね、『粋筋』という言葉を」

「遠縁のひとにそういう方がいるって、父から聞いていたことを思い出しただけ」

耕輔は心なしか初子に一歩近づいた気がした。「花街」がわからなくても、「粋筋」を知っていれば、それでよい。初子は長野県出身だ。信州と言えば蕎麦の産地だ。耕輔は蕎麦好きなので、叶うことなら上田まで行って試食してみたいのだが、なかなか言い出せない。

「加奈ちゃんの実家もその粋筋なのよ」

「……実家が？　水商売？　あるいは置屋さん？」

「それはわかんないけど、加奈ちゃん、実家の商売を継ぐ気はないみたい」

耕輔はなぜ、初子が広芝加奈のプライベイトなことまであえて明かすのか、その真意をはかりかねた。

「園田さんと広芝さんとは仲がいいんだね」

耕輔は二人がいつも一緒にいるところを、彼なりの表現で述べた。男子にとって、女子学生が、だいたい二、三人の人数で寄り固まって、昼食やトイレなどにも連れ立って向かうことが不思議でならなかった。それは男子がひとりで行動する場合が多い、ということを前提として述べているわけではない。男子でも連れ添っている連中はいたのだから。

前期の英語の授業のときに、講師の先生がテキストの内容に絡めながら、女子学生や男子学生の集団行動について語ってくれたことがある。

「みんなも知っていると思いますが、男女を問わず『集団行動』をとっている学生さんがいますよね。あれ、どう捉えますか？　男子の場合と女子のケースではちょっと違うのでは、とぼくは考えています。男子のほうはきつい言い方になりますけど、もし志や夢をきちんと持っていたのなら、ひとりで歩くはずでしょう。どうですか？　女子の場合は女性の裡に潜んでいる生理的な要因が作用して仲間をしぜんと募ってしまうわけです。でも、女子もやりたいことが決まっていれば、ひとりで歩くでしょうがね」

　この話に教室にはいっとき静寂につつまれた。下を向く者も現われた。

「みなさんは、まだ一年生だから、あえて言えば研究テーマなど決まっていないだろうし、この大学に進学してきたのも、抜群の就職率のよさのためであるかもしれない。それはそれでいいと思う。一流企業で自分の力を発揮したいという気概は認めてよいと考えるからね。ただ、そういうひとも大学に残って研究者の道にすすむひとにも大切なことは、『志』を持っているかいないかだろうな。これは意外と重要なことなんだよ。学年が進むにつれて身に染みてくることだとぼくは踏んでいるがね」

「志」か、と耕輔はこの単語を何度も口のなかで転がしてみた。彼には江戸時代の唯一の西洋文化の窓口に、なぜオランダがなり得たのかを知りたい、という気組みがある。それを達成したとして、その次の目標は何なのだろう、と不安に駆られる。大学院に進むのか、仕事に就くか、目下のところ決めかねている。無理もない。一年生にとっては難題だ。

　初子もその英語の授業を受けていた。

それでいま思い返していたことを初子に問うてみた。

「ああ、あれね。あの先生は女子学生のこと知らないのよ。女性特有の生理、なんて言ってたけど、全然、違ってる。連れ添っているのは、愉しいお喋りが出来るからよ。話が合うひとってているでしょう。女の子はその選別眼が鋭いのよ。きょうの授業であのひとと一緒だと思うだけでわくわくするもの。そう思わない？」

「そうだね。あの講師も大学生時代、はなからひとり、というわけじゃなかった、と思うものね」

「そうよ、自分が目標を手にしたものだから、わたしたちを批判的にみてるだけよ」

初子は存外、自分の意見をはっきり述べるタイプだと知った。

二人は羽子板さがしなどそっちのけで話し込んだ。いつの間にか小屋の列が途切れるところまできてしまっている。

「あっ、ここでおしまいだ。逆もどりをしていいやつを買おう」

「そうだったわね。ごめん」

「いいんだ。ぼくが話しかけたんだから」

そして耕輔は初子の手を握った。温かい掌だ。初子の手にかすかな動きが生じたが、振り払うことはしなかった。耕輔は力を込めた。初子はそれを受け容れた。

そうした格好で店を覗きながらきた道を引き返したが、とつぜん初子が手を引いた。耕輔は不意をつかれた。

「北野君、加奈ちゃんにおこられる。許してね」

「広芝さんに？　なんで彼女が？」

「お願いだから、察してちょうだい。加奈ちゃんを裏切ることはしたくないの」

耕輔は言外の意味するところはおおよそ了解できた。けれどもそれは、耕輔と初子の間柄の問題外だ。初子が遠慮するには及ばない。そう言うと、初子は、

「加奈ちゃんとの仲を壊したくないの」

鋭利な声が響く。

初子の視線が耕輔に注がれる。

「……園田さん、女の子同士でお喋りするときの話題って、ふつう何なの？」

「……びっくりするかもしれないけど、男のひとやファッションや旅行の話ばかり」

「特定の男のこと？　男子全般について？」

「そのときによる」

「ふーん。政治、経済、社会問題は話題に上がってこない？」

「そういう堅苦しいことは、ひとつもないわ」

「そうか。男子のことをねぇ」

耕輔は嘆息した。

「ごめんね」

初子の視線がすまなそうに地面のほうに向いた。好みの男子を互いに言い合うのだろう。そこにある種の「掟」がしぜんと生まれる。

耕輔は時間がかかりそうだと思った。初子の心情をこちらに向けるには、初子と加奈の仲を引き裂かなくてはならない。

「どの羽子板がいいか決まった?」

話題を変えた。

「そうね、役者の図柄の羽子板が、北野君のお母さんにはよさそうね」

「ああ。それがいいよ」

手を離した初子はなぜかすっきりした顔つきになって、通りすぎゆく小屋の前にたたずんでは、飾りつけてあるかずかずの羽子板に目を走らせている。

その様子をうかがいながら耕輔は、子供の頃、年末になると、新年の飾り物である「繭《まゆ》玉」を買いに、母と兄と連れ立っておもむいた川岸に並んだ露天市のことを思い浮かべていた。「繭玉」は縁起物で、年の暮れに求めて正月に家の柱にくくりつける。柳や竹などの枝に「繭玉」の菓子種の玉をくくりつけ、その間に小判や宝船などの縁起のよいものをつるしたお飾りだ。これを買いに出かけるときがくると、お正月がもうじきだという嬉しさが込み上げてくる。母を真ん中にして両側に兄と耕輔が母親と手をつないで歩いていく。

北の大地の積雪の世界からは水の匂いが立ちのぼってきて、肺腑を浄い清めてゆく。上京してこの方、札幌の年末のこの風景を想い起こすと、羽子板市にやってきたわけがおのずとわかる。単なるもの珍しさ、初子と一緒に歩きたかった、というよりも耕輔の裡《うち》に刻み込まれた故郷への気韻が響いているからだろう。

そう思うや、初子への思慕が遠のいてゆき、代わりにあのときお辞儀をした加奈のことへと想いがおよんだ。

面立ちのよい加奈を連れて羽子板市をみて回ってもよかったかもしれない。

初子のことに加奈は決して触れないだろう。そこは、耕輔をなかに置いた際の二人の距離感の違いによる。お辞儀をされたときにふと脳裡をよぎった、あの感覚を信じればよかった。

初子が一軒の小屋のまえで立ち止まった。奥の壁にも左右両方の壁にも、いろいろな人物の肖像が象られている。初子は、「このお店がいいわ」とつぶやいた。

「北野君、わたしが北野君のお母さんのを選ぶから、北野君は、加奈ちゃんに買ってあげて」

「広芝さんに？　なぜ？　そんなことしてもいいの？」

すると初子が耕輔の目をじっとみつめて、

「今日のこと、加奈は知ってるの」

「……話したの？」

「そう。いじわる、ってなじられた。だからその償いとして、羽子板を買ってきてあげる、と応えたの。それも北野君に買わせるということで」

「勝手なこと決めるな。困ってしまう」

「自業自得よ。加奈の胸の裡をくんであげないんだもの」

溜息が出る。女の子の創りだす人間模様の複雑さに胸を突かれる。初子と加奈の仲を壊してはならないことは把握できた。しかしそれがもっとややこしい思いをもたらしてくる。

「どうしてぼくたち二人のことに留めておいてくれなかったんだ？」

遅きに失したが、なんとかして自分を得心させんがため耕輔は質問した。

「なぜって、加奈と約束したんだもの」

「約束? プライベイトなことじゃない?」

するとなぜか初子は、こんなことわからないの、といったふうに気色ばんだ。その表情を垣間みて、耕輔は「女の子」というものは一筋縄ではいかぬ存在だと感じた。広芝加奈のために耕輔が羽子板を買わなくてはならない。

「よわったなあ。ぼくにも好みがあるしな」

「あらっ、加奈のようないい子を放っておく手はないわ。もうすこし目利きだと思っていたのに」

「園田さん、ぼくが誘ったのは、園田さんであって広芝さんではない。このことで、ぼくが広芝さんに羽子板を買って行くことに当たるとは思えない。違うかい?」

「そんなに加奈のことが気に入らないの?」

「そういう質問は困るな。ぼくの立場も考えてほしい」

耕輔は小屋のなかに目を走らせながら言った。

「じゃ、わたし、北野君のお母さんへの羽子板は選ばない。これでお相子だわ」

「……わからないな、女のひとの気持ちって。いいよ、お袋への羽子板はぼくが選ぶから。だから広芝さんには、ありのままを伝えてくれればいい。もちろん、ちょっとした言い争いになったことは内緒にして、ね」

「出来るかしら、わたしに。そんな猿芝居が」

口を尖がらせて言い放った。耕輔はいまさらながらひとりでくるべきだったと歯がみした。いつも一緒にいる女の子の片一方だけに声をかけたら、ときとしてマズイことが起きるのだ。

「北野君、怒った?」

とたんにしおらしい口調で尋ねてくる。耕輔はその澄んだ眼差しをみて、いいや、べつに、と返した。

「わたしね、ほんとうは誘われてうれしかったの。わたしよりずっと綺麗な加奈ちゃんと歩いているときに男のひととすれちがうでしょ、そのときわたしは目を伏せてしまうの。だって、どのひとも加奈に目を向けるから。容姿って、やはり、素敵なほうがいいに決まってる。だから男子学生からのお誘いがあるなんて、考えてもいなかったの。その嬉しさもあってか、加奈にもらしてしまった。もちろん、北野君に関する情報はみな伝えることになったけど」

その物言いが初子の裡なるところから発せられたものであると耕輔は悟った。初子自身にとって耕輔からの誘いが「寝耳に水」だった。それだからこそ、いっそう初子は加奈に義理立てしたのだろう。

「園田さん、事情が読めたよ。ぼくもお袋への土産の羽子板は買わないから、手ぶらで帰ろう。広芝さんについては、これから考えて行くことにする。だから、きょう起こったことは話さないでね」

「……適当につくろっておくわ。この次は加奈を誘ってあげてね。わたしは、二人が手にした羽子板のあいだを往ったり来たりする役目を果たすつもりなの」

「なるほどね。それなら、羽子板がふたつ必要になってくるね……。やっぱり買おうか」

「無理しなくていいの。わたしの役どころを言っただけだから」

言葉もない。

加奈のことをそれほどまでに気遣う初子の心持に胸が締めつけられたが、正直なところ、それほどまで友人のために尽くす初子の心ばえのありようがぴんとこない。女の子同士の堅固な絆が仮にあるとしたら、街歩きでも喫茶店にでも、誘うことに気を使わなければならない。

耕輔は半ば投げやりな気分に陥った。こんなことになるならひとりでくるべきだった。

ふと加奈の美貌が胸をよぎる。美形のひとと歩くことに異論はないが、要するに話が合うかどうかだ。蕪木と一緒なのに耕輔にお辞儀をした加奈の心根を、初子が訴えるように信じてよいかもしれないが、こちらもそうそう誘う女子学生をとっかえひっかえ出来るものではない。

「さ、もう帰ろうか」

耕輔が促した。

「ほんとに羽子板買わなくていいの？」

「うん、もういいよ」

「わたし、なにか気に障ること喋ったみたいね。ごめんね」

「いいんだ。でも広芝さんのことは別件だからね」

故意に「別件」という事務的な言い方をした。

初子が口をへの字に曲げた。耕輔は出口めざして歩き出した。そのあとを初子がついてきた。

2　都電

広芝加奈が高校生のときの自分と大学生になってからのわが身を比べていちばん変わった点は、朝出がけに化粧を施すことだ。そのために早起きになった。一限目に授業があるときには六時半にはベッドを出なくてはならない。

化粧と言ってもアイシャドーなどはしない。ファンデーションと口紅をさすくらいだ。だが、口紅の色に毎朝悩まされた。その日の時間割りに沿って色を調整する。専攻語学であるインドネシア語の授業があるときには、橙色と決めている。

加奈は肌がどちらかと言えば浅黒っぽいので、橙色がよく似合う。インドネシア語の授業があるときには北野耕輔と逢える日なので、加奈は控えめだけど化粧に耕輔への思いを託している。他の日は紅色にしている。この色は加奈にはふさわしくないのでは、と園田初子に忠告されている。初子が加奈の使い分けに気がつかないのかと残念に思ったこともある。でも、それでいいのだ。加奈だけの心遣いなのだから。

中央線の荻窪が加奈の最寄りの駅だ。群馬県の草津に実家はある。草津温泉にやってくる客相手の商売で実家はたつきを得ている。置屋だ。加奈はそれを嫌って東京に出てきた。そのまま居残っていたら芸者にさせられそうな気がした。ひとり娘なのでなおさら家業を離れたかった。

関東外国語大学に進学が決まった際、母親と上京して真っ先に決めたのが今のアパートだ。玄関はそれぞれべつで、三階建ての、いわゆる独身用マンションに近い造りだ。部屋にはトイレとシャワー、それに小さなキッチンが備えつけられている。1DKの変形と表現したらよいのだろうか。

朝イチの授業のときは七時半には出ないと九時からの講義には間に合わない。新宿で山の手線に乗り換え大塚で下車する。それから都内で唯一残っている都電に乗り換えて、西ヶ原四丁目で降りる。そしてブロック塀を左手にみながら外大の正門まで速足で歩く。

下宿先が外大の周辺だったらこんな苦労をせずともよかったのだが、母が大学の傍に下宿すると友達のたまり場になって学業に支障をきたすからと言い張って、高級な住宅街である荻窪駅界隈に一存で決めてしまった。

しかし加奈に不満はない。レトロな雰囲気でたまにクレゾールの匂いを薄っすらと漂わせる都電荒川線に乗車し、ゆったりとした路面電車の動きに身をゆだねるのを気に入っている。早稲田が始発駅で北上し、大塚駅前を通って王子駅前にいたる。そこから東方向に曲がって荒川車庫前を通過し熊野橋まで進んで南下する。向かうところは終点の三ノ輪橋だ。いびつだがほぼ円形の路線図だ。

いつも空いた席がないので、吊革にぶら下がって窓外の風景に目を遣る。その光景からして大学のある地域が下町であるように思える。下車する西ヶ原四丁目までの停留所の名称も良い意味で古めかしい。大塚駅前から順に、巣鴨新田、庚申塚《こうしんづか》、新庚申塚、と続く。「庚申」とは干支《えと》のなかでの「庚申＝『かのえ』の『さる』」の意味だ。「庚申塚」とは青面金剛《しょうめんこんごう》・三猿または庚申の文字などの文字を石に刻んで祭った塚のことを指す。

これらのことを加奈は知るよしもなかったが、週二回、二時間目からある「インドネシアの現実」を受講している、二年生の山名晴美からおそわった。

「わたし、都電に乗るのが大好きなの。線路のつなぎ目を通過するときの音や微妙な揺れ——たまらないわ」

確かに指摘されればそうだ。路面電車独特の、横揺れしながら動いていく際のおっとりした呼吸《リズム》は、仮に坐っていたら眠気を催すことだろう。現に、そうした乗客を毎回みかける。電車やバスなどでのうたた寝ほど頭がすっきりするものはない。

「山名先輩はどちらから大塚まできているのですか？」

あるとき加奈が訊いた。

「田町から」

「じゃ、実家からなのですね」

晴美が素早く反応して、

「いいえ、下宿なの。ちょっと大学までは遠いんだけどね」

「わたしも同じくらい遠い荻窪からです。母が勝手に決めてしまって」

「そう、それはかえってよかったじゃないの。外大が第一志望だったんでしょ」

「はい。……でも英米語学科に進みたかったんです」

「わたしは慶央が第一志望だった。けれど、どの学部もダメだったの。どこかの学部に受かると思って、さっさと下宿先を決めてしまった。失敗したわけ」

「慶央って、難しいんですね」

「ええ、インドネシア語学科より数段上よ。ただね、わたしたちに有利に働くのは、就職のとき。外大のネイム・ヴァリューがいかに強いものかがわかる、そういう瞬間《とき》が全学生に与えられているの」

加奈は吊革にぶら下がりからだのバランスを取って耳を傾けた。

「広芝さんは、ネシア科の三年、四年生を誰も知らないでしょう?」

「はい」

「わたしたちはさんざん聞かされてきたわ。関東外大卒の学生が選考相手のときは、まずは英語の読み、書き、聴き、話す能力が大前提にあって、その次に専攻語科の言葉を自在に操ることが出来る、といった『先入観』を抱いて企業の面接官は対応してくるから、その期待をわたしたちは後輩たちのために裏切ってはいけないって」

「英語と専攻語の最低二つ、ということですね」

「そう、そのほかにフランス語やドイツ語、さらにアジア地域では中国語をマスターしていたら完璧よ！」

加奈は背中を針金が一本貫いていく気がした。鳥肌も立った。まだ一年生だからといって安穏としているわけにはいかない。

「山名先輩はネシア科で何を研究するつもりなんですか」

「わたし？　そうね、二年生のいまでもまだ何にもみえてこないわ。ただ、なぜかしらないけど、毎日が愉しいの」

加奈はどう対応していいのか困惑した。就職活動の話を持ち出しながらも当人は平然と、それも愉快に日々を送っていると言う。韜晦《とうかい》癖のあるひとなのだろうか、とこういうときにこそ「韜晦」という言葉を使えばいいのかと思いながら、その是非はべつとしても、用いることが出来たという点でだけで悦に入った。受験勉強の賜物だ。

　窓ガラスから午前の陽光がふんだんに差し込んできて床の上を這って浄めている。二人の影も映し出される。

　新庚申塚の次の停留所が西ヶ原四丁目だ。そこで多くのひとたちが下車する。たいていが関東外大の学生だが、外大の正門と道ひとつ隔てた向かい側に建つ笹川女子高校に通う生徒たちもいる。彼女らはときたま、窓枠に腰をおろして外大の正門のほうを眺めている。正門を出て帰路につく際に外大生たちの後ろ姿やこちらを漫然とうかがう活気の薄れた顔つきを、背中で感じ取る折もある。

　電車を降りて石畳の歩道をわたってブロック塀に行くまえに、パスタ専門の学生向けの食堂、それに小さな古本屋がある。授業が三時間目から始まるときなど、その古本屋でいつも蕪木洋司が店の入り口付近で古書を物色していて、加奈に声をかけてくる。加奈はまたか、とうんざりする。一本早い電車に乗ればこういう災難には遭わずにすむことは熟知している。けれども早起きが出来ない。山名晴美と電車が一緒になるときは一限目からの講義の日で、その日は、どことなく胸がどきどきして晴美に逢うのを心待ちにしている。これと正反対な曇り空のような気分にさせるのが洋司との邂逅だ。いや、たまたま、といったものではなく洋司のほうが待ち伏せしている。

洋司は晴美と同学年。二年生の女子を狙わずに一年生にターゲットを絞っている。同学年の女子を振り向かせることの出来ない男子は新入生に唾をつけたがる。四月の歓迎食事会でそれは始まる。

洋司は王子駅で降りて王子駅まえに停まる都電を利用せずに、飛鳥山公園内を通って徒歩で外大まで通っている。江戸時代の行楽地だった飛鳥山公園に行ってみないか、と誘われたとき、外大へといたる洋司の道筋を知った。飛鳥山公園については、それが江戸時代の桜の名所だった、と仄聞したことがあるので、多少とも関心がなかったわけではないが、相手が洋司であるせいで鼻白んだ。

「飛鳥山公園までの近道を教えてあげるから、行こう」

洋司が誘ってくる。

「わたし、そっちの方角には縁がないんです」

「ぼくはさ、王子で京浜東北線に乗って蕨《わらび》駅で降りるんだ。住所は川口市だけどね」

「……」

加奈は、それがわたしにどう関係するんですか？　と尋ねたかったが押し殺した。返答がないので、洋司は戸惑いをなんとか取り繕おうと懸命になった。表情がゆがんでいる。

「……そっか、一年生のときは専攻語の勉強をしなくてはならないから、またの機会にしよう」

くやしさを押し殺しているように苦笑いを浮かべた。

「すみません、授業がありますから」

あくまで先輩なので、言葉遣いだけは丁寧にする。

「そうだね。じゃ、またね。庭のベンチで待っているから。放課後に」

「ええ」

加奈の返事は返事ではなく独り言だ。新入生との懇親会のとき、たまたま加奈は洋司のまえに坐った。眼鏡の奥に神経質な眼差しがうかがえた。その眼鏡のせいだろうか、顔全体の表情が暗い。中学・高校とイジメに遭ってきて内奥にこもる煤に似たものが溜まっているようだ。その洋司が盛んに加奈に話しかけてきた。

べつだん会話を愉しみたい相手でもなかったので、適当に受け流していたら、いつの間にか洋司の術中にはまってしまっていた。

「週に一回か、二回かでいいから、放課後に前庭のベンチで待っている。話をしよう」

「えっ?」

「だから、こんな具合にさ、お喋りを愉しむってわけさ」

「でも、わたし、早く帰らなければならないですから」

「そんなに時間はとらない。そうだ、水曜日は三限目までで終わりのはずだね。ぼくら二年生もそうなんだ。そのあと、ベンチで待っていて」

そこまで突っ込まれると、加奈にもさして早々と帰宅する理由がほんとうはないので、わかりました、と応えてしまった。

「その他の日で一緒の時間で終わる日はないかな？　英語はいくつ取っている？」

「……四つです」

「誰の？」

「多田先生、小泉先生、増田先生、田口先生です」

「文法に、英語史に、読解に、作文か。頑張るね」

「一応、教職を取っておきたいので」

加奈の小声は食事会での皆の雑談で消されてしまっている。洋司は耳をことさら近づけてくる。一瞬、鳥肌が立った。幼少期に悩まされたアレルギーが再発しそうだ。加奈はうしろに膝をずらした。

そのとき隣に端座しているひとが話しかけてきた。

「どうかしたんですか？」

「……いえ、何でもないんです」

素知らぬ顔で応じたのだが、

「わたし、園田初子と言います」

鉾先を変える発言をしてくれた。加奈ははっと気がついて、初子のほうに膝を向けて自分も名乗った。助かった、と内心思った。

「さっきの自己紹介では、広芝さんも英米語科に行きたかったのね。わたしだけではなくて安心したわ」

「ええ、フランス語科でもよかったんです。とにかくヨーロッパの語科に、と」

「なら、チェコとかポルトガルにすればよかったのに」

「ええ、でもなんとなく受かる気がしなくって」

「気おくれしたわけね。わたしも同じ。アジアでは中国語科も考えたけど、結局、ここに決めたってところ。でも入学してみたら、どこの語科も似たり寄ったりみたい。英語の授業はたくさんあるし、そのほかの言葉も、うまく時間割を組めば、最高五つも取れるもの。かえって少数派である言語を勉強するほうが有利って感じがしてきているわ」

加奈は初子が学業に積極的なひとだと感じた。

「それにね、ネシア語で卒論を書かなくてもいいでしょう」

加奈には寝耳に水だ。

「どういうことです?」

「あらっ、カリキュラムのガイド・ブックを読んでないのね。専攻語科の文学・文化コースと事情（政治・経済・社会）のコースのどちらかで卒論を書ける。これは専攻語科内での話。そうでないときには、もうひとつのコースが設けられているの。一般教養の科目があるでしょう。そのなかで外大の専任の先生が担当する、例えば政治学の森田先生、資本主義経済論の川部先生、それに地学・地理学の横井先生のゼミ生になって、そこで卒論を書くの。これにはネシアの観点からも書けて、そこが論文の『売り』となるわけ。ネシアの事情での卒論より、森田先生のゼミの場合はより政治的要素が濃くなるのだと思うわ」

加奈は弁舌爽やかな初子の話にすっかり聴き入っていた。

「すごいですね」

「えっ、何が?」

「よく知っているから」

「ガイド・ブックに記されている通りを喋っただけよ」

それでも、と加奈は感心した。洋司なんかと嫌々話しているよりずっとためになる。初子とは仲良くなれるに違いない。

その初子のまえに北野耕輔が坐っていた。耕輔の視線を加奈は感じていた。加奈は洋司が話しかけてきたのも、耕輔の目線を惹きつけているのも、容姿端麗な自分の魅力にあることを知っている。初子とは比べものにならないほどの美貌を誇ってもよいのだが、そんな愚にもつかぬことは気にもしなかった。何をしなくとも加奈は目立つのだ。洋司が初子と話し込んでいる加奈を、何とかして振り向かせたいと、気もそぞろになっているのはわかった。けれども無視した。

「さっきの自己紹介でオランダに興味を持っている、三浪のひとがいたわね」

初子はたった数分まえのことを思い浮かべてみた。

「いたわね。確か北野さん、って言ってたわ。わたし、ネシア語科でオランダのことを学べるなんて初めて聞いたわ」

「わたしも。インドネシアはオランダの植民地だったものね」

「そんな基本的な知識もなく受験したなんて、恥ずかしい限りだわ」

二人は顔を見合わせた。加奈が舌を出した。初子は口に手を当てた。加奈はネシア語科合格者のなかにきちんとした目標を抱いているひと、それも三歳年上のひとがいることに、なぜか胸が躍った。二年生の男子のなかにそうした人物が見当たらないことは、彼らの自己紹介でどことなくわかった。気概がみられなかったからだ。インドネシア留学のことばかり話している。それは二年生の夏休みを利用して現地の語学学校で勉強する、というシステムを語ったものだ。女子の先輩も、挨拶に同じような内容を絡ませていた。

どの語科に進学しても、その国への留学がひとつの要になっているらしい。でも、誰もが、中学・高校を通して都合六年間をその勉学に費やした英語のブラッシュアップのため、英語圏にいちどはおもむきたいと本音のところでは思っている。

「外大のどの語科に進みたかったの？」

加奈が初子にいまさらのように訊いた。

「そうね。さっきの自己紹介では英米語科って言ったけど、いまはどの語科でもよかったというのが本心ね」

「……なんか適当ね。それでいいのかしら」

すると初子が首を傾げて、

「高校生のころから目的を持っているひとなんて、めったにいないと思うわ。目標なんか、そんなにたやすくみつけられるものじゃないもの。そう思わない？」

加奈も納得せざるを得ない。幼いときに、ナースになりたかったり俳優を目指したりしたこともあったが、気がついたらそういった夢は霧散していた。加奈はアイドルになればいいのよ、と友達に揶揄《やゆ》されもしたが、自分がそうした派手なところには似つかわしくないと自覚していた。でも友人たちが推してくれるほどの愛らしい顔つきをしているのをプライドにしているのは事実だ。

関東外大は女子学生が七割近く占めている。そのひとたちが残り三割の男子のなかから生涯のパートナーを選ぶのに躍起になるという。その逆のことももちろん起こり得るはずだ。ともに地味な努力が必要な「語学」を得手としている同朋たち。きっと価値観も合うのだろう。その点、総合大学ではなく単科大学である外大の良さがある。

こうした観点からも加奈には耕輔の存在が新鮮に映る。洋司は加奈が振り向くのをやめると、二年生の男子同士で麻雀の話を始めた。麻雀用語が耳に飛び込んでくる。おそらくこの一群の男子たちは授業を適当にさぼって麻雀に興じているのだろう。話に熱が入ってくるのを頬に感じて、加奈は洋司から押しつけられた約束事が重荷になってきた。といっても先輩の誘いを無下にも出来ないから、ベンチで会うのは週一回にしようと臍《ほぞ》を固めた。そしてたとえそういう事態を甘受しても、気持ちは洋司にはなびかないだろうと密かに思い定めた。

その日、加奈は初子からの報告を待ち焦がれていた。時節の移り具合は早いもので、夏休み、晩秋をすぎるともう正月で、加奈にとって意味のある、あるいは危惧するときがやってきた。それは初子が、こともあろうに北野耕輔に、浅草の「羽子板市」見物に行こうと、声をかけられたからだ。加奈の耕輔への気持ちはきちんと初子には伝えておいたのに、誘いを受けた初子に我慢がならなかった。どうして断ってくれなかったの、と問い詰めても無駄だった。わたし、悪い気がしなかったもの、と平然と初子が応えたのだ。

底冷えの始まる年末に、二人は出かけるという。

加奈は初子に、こういうことはないと思うが、絶対に手なんかつながないで、腕も組まないで、と念を押した。

「それはないはずよ。はじめてのことだもの。それにもしそういったことがあっても、わたしのほうでお断りだわ」

「……お願いね」

加奈はそう頼みながら、自分より可愛くない初子を選んだ耕輔の心根をはかりかねた。そしてこうも思った。よくも気をもませるこうしたことをわざわざ初子が打ち明けてくれたものだ、と。

知らぬが仏、で通してくれればよかったのに……。

二人が互いの秘め事を意図的になくそうと努めて、それを仲のよい徴としたのが誤りのもとなのだ。プライベイトな、核心的なことまでには触れずにつき合っているべきだった。でも、それが双方とも出来なかった。友情が壊れてしまうのではないか、と不安が先立った。おそらく男同士ではこうした微妙な、ある意味で陰湿な駆け引きはないだろう。女の子のつき合い方は違うのだ。水鳥の親子のようにいつもくっついていなくては、そして情報を密に交換しなくては友達とは言えない。まるで砂上の楼閣にも似た交友だ。

加奈は初子が、耕輔から、夏休みのまえにも、秋になってからも、映画に誘われていたことを知らない。初子は加奈のために体よく断っていたが、内心うれしかった。加奈の告白を耳にしていなかったら、応じていたに違いない。容姿は加奈と較べられないほど劣る自分に声をかけてくれる耕輔の心情をはかりかねたが、そこまで深く考えずに、耕輔のリードにしたがっていればよいのだ。

羽子板市の件は、だから、はじめて耕輔からの誘いを加奈に伝えたことになる。

加奈は驚いて肩をおとした。初子はしまった、と悔いたが、それと同時に、胸の裡では誇らしげだ。勝ったのだ。初子は加奈の手前、耕輔のことは遠い存在としてみてきたが、耕輔から何度も誘われているうちに、加奈への心遣いが失せていく自分に気づいた。よくないことだと知りつつも、気持ちが傾き始めていた。

加奈は白目で初子の目を覗いた。

初子はたった二時間程度のことだから、気にしないで、と応え、加奈ちゃんの情《おもい》をそれとなく伝えておくと言ってなだめた。

今日が、デートの経緯を初子が語り、加奈が聞く日なのだ。

しかし、初子に羽子板市での一部始終を話す気は毛頭ない。

放課後、加奈が初子を正門で待っていた。手を口に当て、息を吹きかけている。白色に一変するほどの気温だ。

加奈からは切り出してこない。その加奈の自尊心を傷つけないように、初子は、

「あのね、昨日は、中止になったの。北野君、風邪をひいたようで、熱があったみたい」

「……」

でも、加奈はすぐにどうやって風邪ひきの情報を初子が得たかに気が動いた。

「電話があったの？」

初子は予想をもしていなかった問いに困惑した。

「……待ち合わせ場所に、時間がきてもこないから、それで……」

「それでどうしたの。北野君の住まいまで、それとも、電話番号、知ってるの？……」

「そんなことは絶対ないわ……。ごめんね、ほんとうは羽子板市に二人で行ったの」

加奈はなぜかほっとした。

「愉しかった？」

「まああね。……加奈ちゃんのこと、ちゃんと伝えておいた」

「そう。それで？」

「……応えになっていないかもしんないけど、考えておくって」

「それだけ？」

「うん。でも、歓んでいた……」

加奈の口許がほころびた。

「ほんとなのね」

「うん。加奈にはなんとなく近づき難いものがある、と遠くに視線を流しながら言っていた。綺麗すぎるのよ、加奈は。『花』でなく『華』なのよ」

「……よくわかんない」

「近づきにくい、ということかしら」

「そんなことないのにね」

「そうよ。男のひとがどう想っているか、わたしたち女には見当がつかない」

初子は肩をすぼめた。

羽子板市で北野と手をつないだ。加奈のことを想って途中で振りほどいたが、耕輔の手のぬくもりはいまでも消えていない。加奈のことを話しはしたが、広芝さんにはつき合っている男《ひと》がいるよ、という耕輔の返答だ。実はそういう男子学生はだれもいないことを初子は知っているし、加奈のために正直に話しもした。いちばん大切なのは、こうしたことで加奈と初子の友情が破綻しないことだ。それだけは避けたい。

そのためには事実を隠すことだってある。ほろ苦い液体が口のなかにわき出てき始めている。

3　約束

北野耕輔の実家は金銭的にそれほど恵まれてはいない。外大に合格してすぐに日本育英会に奨学金の申請をした。「可否」は合格したときの素点が基準になるという。

耕輔は無事合格を成し遂げたが、その直後に必要だったのは、「現金」だった。仕送りに限りがあったので、その埋め合わせを奨学金とアルバイトでまかなわなくてはならない。育英会の奨学金はまだ下りてなく、それだけでは不足なのだ。アルバイトは大学側の方針として、一年生には禁じていた。専攻語学の習得によりいっそうの時間を傾けてほしいからだ。

教務課には、アルバイト先と各都道府県の奨学金のメモがピンで止められている。眺めているうちに奨学金のメモのなかから、返還不要とゴシック体で印字してあった「谷田商事」という無名の会社が運営する奨学金の案内が飛び込んできた。読んでみると、面接試験だけでの決定と記されている。ピンを外してメモをポケットに突っ込んで足早に教務課をあとにした。募集人員が三〇名とある。都内の主だった大学にも貼られているだろう。そう思うと気が重くなったが、面接は乗り越えられるに違いない。確信があった。毎月一万円で四年間という条件だ。

指定された四月下旬の面接日に出向くと、銀座の本社には大勢の志望者が控え室に腰をかけている。このひとたちを蹴散らしてみせると意気込む耕輔がそこにはいた。五〇分ほど待たされて、面接室に入った。三人の面接官がいて、そのまえに椅子が一脚置かれている。中央の白髪の紳士が、どうぞ、と言って手を差し伸べた。耕輔は名を名乗ってから腰かけた。

「北野耕輔さんですね」

「はい」

背筋を伸ばして応えた。緊張している。

質問してくるのは真ん中のひとだ。社長のようだ。

「関東外大のインドネシア語科に進学された——それでいいですね」

「その通りです」

その声を引き取って、

「外大生だから訊くのですが、江戸時代の鎖国をどう評価しますか」

この手の質問はべつに外大生だからという性質のものではない。先方の手が透けてみえる。

「ぼくは幕府の失策だと考えています」

「でも、国内では元禄文化など、円熟した文化現象が起こりましたが」

「はい。それは認めます。元禄文化は関ヶ原の戦いからちょうど百年経った一七〇〇年の前後に開花しています。一世紀も過ぎれば、戦《いくさ》のない国内で西鶴や芭蕉、それに近松に代表される文芸作品が台頭してくるのは当然だと思います。一方で知識人たちのある層のひとたちはオランダを通じて入ってくる西洋の文化に魅惑されていました。鎖国さえなかったら、和魂漢才にどっぷりつからなくても、幕末から明治維新にいたってからの和魂洋才ではなく、その時点で『洋魂』まできちんと輸入して、西洋の文化の有り様を正確につかんでいたのではないかと思われます。明治維新後の文明開化では、上っ面の技術面だけを持ち込んで、その背後にある西洋人の思想・宗教への認識を後回しにしてしまい、現代でもその負の遺産が取り沙汰されている始末です」

一気に語り終えた。泡が口許に出来ている。面接官たちは耕輔の威勢に押し黙ってしまった。しばらく沈黙が続いた。

「……北野さん、それでは観点を変えて質問しますが、幕府はどうして数ある西洋の国からオランダだけを選んで、中国とともに貿易相手国としたのですか?」

きたか、と思った。期せずして天井を仰いだ。ほんとうのことを打ち明けたほうがよいだろう。

「まさにそのことを知りたくてインドネシア語科を受験したのです」

「インドネシア語科で、その回答が出るのですか」

「はい。インドネシアは長年、オランダの植民地でしたから、インドネシア語科にはオランダ語や文化のカリキュラムが設けられているのです」

三人はびっくりして互いに顔を見合わせた。

「そういう目的があっての選択だったわけですね」

左手の三〇代と思える面接官が相槌を打った。

「なるほどね。関東外大の学生さんは、さしたる目的もなしに進学する方たちが多いのですが、あなたは異なりますね。誇張が許されるならば『絶滅危惧種』ですね。ところで鎖国についてお尋ねしたついでに、当時の日本が経済的には鎖国の状態でなかったことはご存知ですか」

右端の口髭の面接官が初めて口を開いて笑みを浮かべ、得意げに喋り出した。耕輔の知らないことだ。

「いいえ」

ここは正直がよい。

「それでは教えてあげましょう。往時の西欧では、南ドイツのフッガー家が銀山を掘り当てて、それが西欧各地に広まって、みな商売は銀で決済されていました。ところがフッガー家の銀が底をつき出すと、地理上の発見でみつかった、現在のボリビアにある『ポトシ銀山』に西欧人は目をつけました。そして彼らは採れるだけ採って、ついに『ポトシ銀山』もカラッポになってしまった。そこで目をつけたのが、日本の生野、石見の銀山だったのです。日本は銀で商いをしました。世界経済にふたたび銀がもどってきたわけで、経済面では日本は鎖国の状態ではなかった。でも一六〇〇年代の半ばをすぎてから、幕府は銀の流出をさけるため、銀での取引を中止しましたが」

そうだったのか。痛いところをつかれた。耕輔はこれで不合格だと肩を落とした。一枚上手がどこの社会でもいるのだ。浅知恵の青二才の出る幕ではない。

「すこしは勉強になりましたか」

「……はい」唇をかんだ。

「そうですか。きょうはこれで結構です。どうぞお引き取りください。結果は一か月以内に封書でお報せいたします」

中央の紳士が語りかけるように言った。耕輔は椅子から腰を浮かせて、よろしくお願いしますと頭を下げて退出した。それと同時に次の面接者の名前が呼ばれた。

帰路、久しぶりの虚脱感に包まれた。

日本育英会からの毎月一万二千円と、谷田商事からの一万円の二つの奨学金を得ることが出来るだろうか。

二週間後に育英会からの支給決定の通知を、さらに一か月後に奇蹟的に谷田商事から合格の一報を受けた。あの面接官はただ自分の知識を披露したかったに違いない。そう捉えなくては、合格を信じられなかった。

にもかかわらず、谷田商事がいったいどういう種類の商事会社なのかわからなかった。

通知書には一言こう書かれていた――年に二回（初夏と中秋）に奨学金受領者の集いがあり、立食パーティが開かれるので、万象繰り合わせて出席していまの自分について語ってほしい――と。懇親会の意味を含めているに違いないが、そうした宴会への参加を拒むのが耕輔の心底に潜んでいる。照れ屋なのだ。新入生歓迎の食事会への出席も耕輔なりに悩んだ末のことで、普段、その手のものなら欠席届けを出していただろう。集いに出るといつも自分の居場所を見出せない。だんまりを決め込み、打ち解けるのに時間を要した。

簡単に言えば、「話の環」に入っていけないのだ。

しかし、面接などの公式的な場合はべつだ。問われることに一方的に回答するだけだから。

合格通知を手にした四日後、大学近辺の下宿から裏門を通って大学に入ると、廊下を蕪木洋司が歩いてきた。もう互いに顔見知りだったので、すれ違うときき耕輔が一揖《いちゆう》した。相手も目礼したが、しばらく行くと洋司から声がかかった。

「君、名前は何と言ったっけ?」

立ち止まって振り向いた耕輔は、北野耕輔です、と応えた。

「そうだった。オランダのことに関心があるって、先だって自己紹介していたね」

「はい、その通りです」

「目的があるんだね」

洋司の地に足をついたような声が届く。

「ええ、でもたいしたことではないんです」

洋司の口吻に合わせるようにゆるりとした口調で返す。

「いま時間、あるかい?」

「ええ」

「なら、生協でコーヒーでも喫《の》みながら話をしないか」

意外な誘いだ。この一歳年下の先輩が耕輔に何の用事なのだろうか。耕輔は、はい、と応え、何か？　とはつけ足さなかった。

生協の食堂は裏門の近く、書籍売り場の奥にある。

授業中なのでがらんとしている。入り口の手前の席につくと洋司が紙コップにコーヒーを淹れて持ってきて、一五〇円だからおごるよと言った。

「北野君、国は？」

「北海道の札幌です」

「北国か。ぼくは京都」

「道産子には憧れの地です」

「そうか。そうみなしてくれる価値があるかどうか」

洋司は頭を垂れた。

「一期校はどこを受けたん」

言葉のニュアンスが変わった。

「先輩は？」

「平安大学に決まってるやん」

平安大学とは西の東都大学と呼ばれていて最難関大学だ。

当時、大学に進学するのには、国立では一期校、二期校のふたつの道があった。一期校の試験は三月初旬で筆記試験。二期校の場合は一期校の合格発表からのちに行われて四月初旬に発表があった。そのなかで、東都大学、四ツ橋大学が一期校、関東外国語大学、東都医科歯科大学が二期校で、東都、四ツ橋、関東外大の三校では一次試験と二次試験が実施された。一次試験はみなマークシート方式で二次が筆記・論述試験だ。

耕輔は東都大学を第一志望としながらも一次は突破できても二次でつまずいた。それが三回続いた際には二期校の関東外大にも願書を郵送していて、不合格の痛手からまだ立ち上がれないまま、インドネシア語科を受験してはじめて栄えある合格を勝ち取った。

ほんとうはヨーロッパ系の語科に進みたかったのだが、その高い偏差値をまえにたじろぎ、もう失敗は繰り返されないという危機感を抱いてアジア系の語科に変更した。中国語科にもためらいがあった。そこでみつけたのが、インドネシア語に付随しているオランダ語の存在だ。オランダの文化を学びたいです、と二年生主催の新入生歓迎コンパでご立派な挨拶はしたにはしたが、それこそ詐欺師めいた発言だ。オランダ語を方便とした、その後ろめたさが胸の奥底に巣くっている。

「……ぼくは東都大学でした」

「やっぱりなぁ。一期校でダメなら、平安や東都を受けた者は関東外大を受験する者が大半や。ここと東都医科歯科大は、二期校でも一期校レベルやしな」

洋司のこの言葉は正鵠を射ている。耕輔は東都大学にめでたく合格したらアメリカ文学を専攻しようと思っていた。愛読する作家の研究者が教授として在籍しているのだ。

「北野君、ぼくは平安大の医学部を受けたんや。二浪してもダメやった。それで苦肉の策として関東外大の、それも背水の陣でネシア語科に挑戦した。医学部志望だった者が語学専門大学にきても、授業はさっぱりおもろうないしな。じつは困っているんや。ここに在学をして、いま一度、平安か他の大学の医学部を受験し直そうかと……」

耕輔はなぜ洋司がそれほど親しくない自分に秘密を打ち明けるのか、その理由がいまひとつ呑み込めない。

「でも、英語は得意なんでしょう」

「まあ、一応な。予備校でしこたましごかれたからな。英検の一級は持っている」

「それはすごい」

「君も一級くらいは取得していたほうがいい」

正論だ。英検は社会的に大きな影響力を持つ資格だから。

「……ところで、ひとつ相談にのってほしいことがあるんやけど」

洋司の眼球がよろよろと揺れた。

「はい。何でしょう?」

「じつは一年生の広芝加奈さんのことなんやけどな、どうやら彼女は君に好意を抱いてるようなんや」

「えっ? 何を根拠に?」

「先日、彼女と前庭のベンチで話していたとき、唐突に立ち上がり後ろを向いてお辞儀した。ぼくもなにごとだろうと振り返った。すると正門を出ようとしてそのお辞儀に気づいたのが君だった」

「はぁ。そんなこともありましたかね」

「二人きりでの会話が弾んでいるときのとっさの行動だからいまでも鮮明に覚えている」

はぁ、と受けた耕輔も園田初子に伝えた一件で記憶も鮮やかだ。

「それでぼくに何か?」

「決まっているやん。君には諦めてほしい、ということや」

このあからさまな物言いに耕輔は尻込みした。

「それって、無理です」

「なんでやねん」

「……諦めるも諦めないも、ぼくには広芝さんに関心がありませんので。ご安心ください」

「へぇ、驚きや。あんなべっぴんさんに興味があらへんとは」

洋司は目を剥いた。

「容姿は関係ないんです。人柄が第一ですから」

「そうかいな。あの子、気立てのええ子やで」

「そうですか……」

「ま、個人の好みやから、もうよう言わんけど。これで安堵したわ。ありがとお」

その京都弁独特のアクセントが不快をそそった。

初子の文言が蘇ってくる。加奈が耕輔に好感を抱いているから、その心持を汲んでやってほしい。洋司からも似たような指摘を受けた。加奈は本気かもしれない。いや、本気なのだ。お辞儀はそのあかしなのだ。耕輔は話柄の鉾先を変えようと思った。

「蕪木さんは、卒業後はどうされるんですか？」

「オレかい？　大手の商事会社に入社して世界相手に飛び回ってみたい。そしてここだけの話やけど、片やシーボルトの評伝を書いてみたい」

洋司は評伝作家を目指していることをどうやら恃《たの》みとしているらしく、

「内緒でな。広芝さんには喋ったんやけどな。彼女、感心してくれたわ。そのためにも彼女を大切にせんとな」

耕輔は何となく洋司の魂胆がみえてきた。加奈こそいい迷惑に違いない。それにしても商社に勤務して評伝も書きたいと希望しているだけあって、表情に野心が刻まれている。

耕輔もいっぱしの文学青年を気取っている。実作もしている。この点、洋司に好ましい印象を抱いて、そのことを告げた。洋司の好きな女性を奪うつもりはないが、ひょっとして横恋慕をして、そのいきさつを小説に託すことが出来るかもしれない。

「北野君はどこの同人誌に?」

「いやぼくはどこにも属していません。その点、風来坊です。主に商業誌の新人賞に応募します。たいがい、第一次選考は通過するんですが、そのあとに進めない体たらくぶりです」

洋司はにんまりした。

「じゃ、活字になっていないんだ」

「はい。ナマ原稿をコピーして手元に置いてあるだけです」

「物書きであることは誰にも打ち明けていないね」

不信感を抱かせる質問だ。

「ならば約束してほしい。オレのことも一年生の君のクラスの誰にでも内緒でいてほしいんや」

「……」

いったい何を言わんとしているのか訊こうと咽喉もとまで上がってきた問いを懸命に抑え込んだ。

「いいですよ。お安いごようです」

「そうか、助かった。広芝さんのことでな。美人は美人でも、いまどきめったにお目にかかれない美形の持ち主やからな。そう思わへんか？」

「そうだと思います。でも、ぼくのタイプではありませんから」

加奈の顔つきは純粋な平安美人にプラスして眉毛が鼻梁のほうに寄っていて、そこに顔の中心が集中しており、全体から見て端正で誠実なイメージを醸し出している。民放の女子アナウンサーに顔立ちがそっくりなひとがいる。夜九時からのニュース担当の黒木容子アナがそのひとだ。耕輔は黒木を観ながらよく自涜《じどく》した。おそらく洋司は加奈を想い描いて自慰しているのかもしれない。

洋司は顔かたちで女のひとをどうやらランクづけしているようだ。それなら二年生のなかにも結構綺麗なひとがいるのに、一年生に狙いを定めてくる。同学年の女子からは相手にされないのだろう。この年齢の女の子は自分より年かさの異性に惹かれるのだろうか。

「燕木さん、二年生の河野《かわの》さんもいいのではないですか?」

「いいや、二年生のなかで、これだと思っていた女子にはみんな彼氏がいるんだよ。外大の男子とは限らないのだが、いつの間にかみつけてくる。そういう意味で女子は積極的やな。それじゃ、ちょっと堅苦しくなるが、約束をかわそう」

「……今度はどんな約束です?」

「金輪際、広芝さんには近づかない、というものだよ」

「……それはまず無理でしょう。同じクラスで、彼女と仲の良いひとをぼくが気に入っているからです。ひとりの女性をめぐっての奪い合いは、『ロミオとジュリエット』のような悲劇を招くのがオチですから」

「時代が違うよ。いまどきそうした惨事はまず起こらへん」

耕輔は腰をまえに寄せて、

「男女の仲に旧いも新しいもありません。永遠の謎に満ちています」

洋司がむっとして耕輔をにらみつけた。

「たいそうご立派なことを言うやん。経験を積んできたんか」

「いいえ。そうしたものは皆無と言っていいでしょう」

「なら、なぜだ？　いまの発言は？」

「恋愛小説の読みすぎですかね」

洋司の顔が綻びた。

「そうなのか。どの作品がいいと思う」

「日本だと、中河与一の『天の夕顔』。翻訳ものだと、ツルゲーネフの『初恋』でしょうか」

「しぶいやん。いや、古風と評したほうがええかな」

「ありがとうございます」

「両方とも失恋ものやね」

「ええ、恋の成就では小説として面白さに欠くからでしょう」

「……ぼくはね、三島由紀夫の『午後の曳航』と小島信夫の『抱擁家族』かな。それに水上勉の『宇野浩二伝』、これは第一級の評伝だよ」

『天の夕顔』と『初恋』を挙げた耕輔は古風だが、耕輔を驚かせたのは洋司の挙げた作品だ。いずれも戦後文学の傑作と言われているものだ。想定外の回答だ。耕輔の好みは戦前の作家に限られていて、敗戦以後の作家のものにはまだ目を通していない。

あくまで直感だが、このような人物なら広芝加奈の件で「約束」を交わしてもよいだろう。だが、加奈の知らないところで男二人が手前勝手な約定を結んでもよいものか。加奈が女性であるまえにひとりの人間であることにどうしても行き当たってしまう。しかし、そういう意見がどれほど自身のなかから正直にわいてきているのかはっきりしない。耕輔も、そろそろみずからを慰めなくてもよいようになりたい。

洋司は加奈を一方的に「女」とみている。耕輔は、というと自分でもよくわからない。初子からは、耕輔に寄せる加奈の思慕を耳にしていたし、洋司もそれに気づいている。そこで「約束」ということになるだろうが、こうした裏工作にはいずれ破綻がともなうだろうし、なんといってもうさんくさい。

「……蕪木さん、さっきの申し出、少し考えさせて下さいませんか」

「広芝さんに未練がある?」

「いえ、そういうことではないんです」

ぼくが気に入っているのは彼女の友人の園田初子さんです、とはさすがに言いあぐねた。

「そうなんや。だいたいわかってきた。そならそないしよ。肚が決まったら改めて、ということに」

洋司が席を立って、足早に生協を出て行った。何が「だいたいわかってきた」だ。思い込まれるほど面倒なことはない。耕輔は冷めきったコーヒーの残りを一気に喫《の》みほすと、やれやれとつぶやきながら外に出た。いがらっぽい感じが胸に萌してくる。

4　オランダ

オランダ語やその文化の講義は二年生になってからだ。一年生のうちは専攻語であるインドネシア語の完全習得が義務づけられている。一週間に六コマが専攻語の授業に充てられた。水曜日の午前中は文法が二コマ連続してあった。朝九時からの授業だが、教授は必ず二〇分遅れて教室にやってきた。二〇分をすぎても現われないときは休講とみなしてもよい。みなわくわくして二〇分を過ぎるのを待ったが、二〇分ちょうどに教授は扉を開ける。

こうしてしゃにむに鍛え挙げられてゆく。いつの間にか力がついてくる。耕輔の持論でもあるのだが、語学にかかわらず、学問というものはある一定の期間に「詰め込み」が肝要だ。平たく言えば「暗記」だ。特に外国語の場合、頭がその国の単語でいっぱいになっていなくては、口をついて出ない。この段階を踏み得てしかも興味のある者だけがオランダ語の授業を受け続けられるのだ。

インドネシア語が圧倒的に優秀なのは女子だが、彼女たちは人文科学の分野への関心が低いせいか、オランダの社会や文化への理解度はあまり首尾よくいっていない。一年次ではインドネシアの歴史が必修科目だが、一学期の後半にもなると女子も男子も講義をサボり出して、熱心に聴いたのは耕輔くらいだ。耕輔は歴史が好きでどの地域でもよかった。高校二年生の夏休みから始まった世界史のノート作りは勉強のなかでいちばん充実したものだった。高校指定の教科書と元東都大学教授の堀内庸一著の参考書を用いて、要所要所を外さないように心がけてノートを作成した。

左の頁に史的事項を列挙して右の頁に世界史小辞典で調べた内容を記した。そして知識を万全なものとするために、そのあとに勉強した時代を扱っている問題集の問題を解いて知識の再確認を試みた。問いに答えられなかった部分が欠落点なので、その日のうちに復習した。

ノートは編年体のものと地域別の二種類にわけた。インドネシアの歴史もきちんと学習した。クスジュ文庫に『東南アジア史』をみつけてきて、最初の一頁から最後までノートにしていった。そのおかげか、高校での実力試験や予備校での模擬テストでは、つねに世界史は満点に近い成績だった。

ただ、西欧の各国史のなかでオランダ史が抜け落ちていた。その補強のためにも、外大の授業に期待を寄せていた。

講師の先生はチャイムがなってから数分ののちに教室に現われた。非常勤講師だからだろうか。青眼長躯の、いかにも西欧の研究者といった雰囲気を身に着けたひとだ。ひょっとしたらダブルかもしれない。女子が見惚れている。男子とて同じだ。こうした人物に教えを乞うというのは単純にうれしい。

「胡桃埼《くるみさき》と言います。珍しい苗字なので、毎年すぐに覚えてもらっています。オランダ語や文化についての他大学での講座は少なくて、外大で教えられることを愉しみにしています。ですが、この大学の学生さんは語学に興味があっても文化面には関心が薄いらしく、ましてオランダ語はインドネシア語の付属語科目ですから、関心度がしだいに軽減してゆき、受講生の数は目減りして行くのが恒例になっています。それでも最後まで受けてくれる学生さんがやはりいるので、こちらも手を抜くわけにはいきません。このなかで最後まで残るのは何人で、誰と誰でしょうか？」

胡桃埼は受講生それぞれの目に視線をやりながら、ゆったりとしたアクセントに起伏を持たせながら語った。耕輔はもちろん最後まで聴くつもりでいる。他の学生のことなどは関係ない。

「そうですね、本日は第一回目ですから、自己紹介といきましょうか。そのときオランダ語や文化に関心があるかないかを正直に話してくださいね」

講師は微笑みを浮かべつつ、なんらかの含みを漂わせながら、では君から、と右手の二列目に腰かけている佐川を指さした。

「ぼくですか？」

人差し指で鼻をさした。はい、よろしくお願いします、と胡桃琦が言った。佐川はしぶしぶ腰を浮かせた。

「佐川武志です。正直言って、インドネシア語にもオランダ語にも興味はないです。申しわけありません。イギリスに留学したいんです」

「なるほど。インドネシアが英国の植民地であったらよかったですね」

「すみません」

佐川は頭をかいた。

「ではそのうしろの君」

立ち上がったのは川上だ。

「ぼくは高校の英語の教師志望でして、出来るだけたくさんの英語の授業を取って卒業したいです。インドネシアもオランダにも……」

「……そうですか」

胡桃埼は溜息をつき、毎年こうなんです、女の子諸君も似たり寄ったりでしょうね、とつけたした。耕輔は内心、オレは違うぞ、と言い放ちたい衝動に駆られた。

「中学・高校と英語を学んできた君たちですから、いっそう英語力を磨きたい気持ちはわからないでもないですが、オランダ語は英語の仲間です。勉強する価値はありますよ。それに、江戸時代の鎖国の期間、交易相手国に選ばれた、唯一のヨーロッパの国です。なぜか、と疑問に思ったことはありませんか?」

きたぞ、と耕輔は胡桃埼の視線を追った。彼の眼差しは教室の隅に向けられている。それまで学生たちを凝視していたのに、どうしてだろう、と耕輔は単純な疑念を抱いた。そこで彼は挙手した。

「先生、ぼくはそれを知りたくてインドネシア語科を選択しました」

すると胡桃埼の眼差しが発言者を探すように宙をさまよった。手を挙げているので、すぐに耕輔のほうを、奇特な学生がいるものだという具合にみつめた。

「そ、そ、それはうれしい。君のような学生ははじめてです」

言葉が飛び飛びに発せられる。ある意味で驚愕《ショック》です、とも言い足した。

だが教室内がとたんに興ざめした雰囲気に包まれた。決め球をつかったな、という批難が底を流れている。

オマエダケガイツモ　オレタチヲダシヌイテ「正論」ヲブツガ　イイカゲンニシナイカ
イイコブルナ
そうした声がひそやかに聞こえてくる。耕輔が「浮いている」と感じるときだ。みな目標があってのインドネシア語科への進学ではないのだ。そうしたなかで耕輔の意欲に満ちた発言にたいして他の学生は木で鼻をくくったような素振りをみせる。

胡桃埼の驚嘆も白けムードを誘った一端だったが、担当教員として、毎年「必須単位」ゆえに受講するが、やる気のない学生相手にもう辟易していたのだろう。

「君、名前は?」

「北野、北野耕輔です」

「北野君か。北国の出身のような名前だ」

「その通り、札幌市生まれです」

胡桃埼の目がきらきらしている。

「オランダの文化は世界に冠たるものだよ。年間の授業予定はシラバスに記したように、前期の前半は文化論、後半がオランダ語学習だ。まず、言語の背景となっている文化現象を学ぶというのがわたしの持論でしてね。ご理解していただきたい。それにまだ二年次生の君たちはインドネシア語を習得し切っていないから、前期の半分はその学習に充ててほしいこともある」

「来週からは、文化論なのですね」

耕輔が訊くと、今日から始めます、と胡桃埼が応えた。九〇分まるまる使わないとね。非常勤の講師のほうが専任よりも熱心なようだ。大学とは不思議なところだ。

「それでは、何から始めてもいいのだが、北野君の疑問点に応えることからやろうか。鎖国の時代に、中国はともあれ、西欧諸国のなかでなぜオランダが交易国に選ばれたか、という問いはもっともなことだと思う。高校では暗記事項としかなっていないからね。それはね、まずオランダ人の国民性と関係があるんだ」

教卓に両手をついて胡桃埼は、受講者を睥睨《へいげい》しながら語り始めた。ノートも何も備えていない。すべての事項を呑み込んでいるのだ。

「オランダ人の宗派はプロテスタントでね。そのなかでも過激なカルヴァン派なんだ。ルター派より後に出来たんだが、ルター派を北ドイツと北欧に追いやって、それより西の地域に広まった。英国も、米国もみなカルヴァンの教えの衣鉢を継いでいる。ベルギーという国がオランダの下にあるだろう。あの国は、オランダ人の新教信仰による施政が厳しすぎるので、オランダ南部の地方が分離して誕生した国なんだ。宗派はカトリック」

耕輔は新教にも派があって、その始祖によって教えの強弱が異なることは知っている。

ルター、ツヴィングリ、そしてカルヴァン。ここら辺のこともこの授業で聴けるかと思うとわくわくする。

「それでは日本に観点を移してみよう。たいていの知識人層は西欧文化が秀でていることに気づいていた。でも幕府が恐れていたのは、その文化を支えていたキリスト教だ。これはよく知っているね。当時、日本との貿易に関心を寄せていたのは、オランダ、イングランド、スペイン、ポルトガルの四ヶ国が代表格だ。アメリカやロシアが登場するのは幕末。いまは織豊時代と江戸時代の初期の話をしている。こんがらないでほしい。四か国のうちあとの二か国はカトリックで、対抗宗教改革が敢行されて、イエズス会という戦闘的な会派が誕生した。この会の場合、その結党じたいが『反動宗教改革』の様相を呈していた。彼らの本音が秀吉によって暴かれるとキリスト教禁止令が発布されたり、磔《はりつけ》の刑に処せられたりする者も多かった。両国の狙いは商売のほかにキリスト教（カトリック）の布教、それに日本への領土的野心があった。秀吉はそれを見抜いたわけだ」

「ところがオランダは違っていたと」

耕輔が割ってはいった。

「その通り。オランダという国の面白さ、あるいは不可思議さが垣間みられるところだ。インドネシアに設けられた東インド会社を基点にアジアの諸国との交易で、当時、国力はトップに近かった。第一の狙いが布教よりも商取引にあったからね。江戸幕府の信頼を得ようとして、カトリック教徒（農民が多数）が天草四郎を大将と仰いで蜂起した『島原の乱』（一六三七〜三八年）のとき、幕府に鉄砲を売りつけて勝利に導く一翼を担った。これで幕府が信用したわけだよ。オランダの目的が『商い』だけにあるとね」

「先生、どうしてオランダだけが『商売』に専念できたのですか」

耕輔のこの質問に、胡桃琦は拳を口許に当てがってごほんと空咳をし、

「さっき触れたと思うが、オランダが新教のなかでもカルヴァン派だったからでしょう。ルターも『闘士』でローマ教皇の存在を重視せず、聖書の位置を神のすぐ下に置いた。つまり教皇より上に聖書を位置づけた。そして、人文主義者の抱いた異教趣味を洗い直してキリスト教に回心させようとした。カルヴァンもこの思想を受け継いだが、彼は『闘士』は闘士でも『十字軍的な闘士』だったんだな。過激派だよ。予定説を唱えて信徒を牽引していった」

「予定説、ですか」

「そう。話すと長くなるけど、端的に言えば、人間は生まれたときから神に選ばれていて、その選ばれたひとだけが天国に行けるという説だ」

「……先生、それは酷というものじゃないですか？　生まれた時点で運命が定まってい

ることは」

「なるほど、一理ある、というよりももっともなことだね」

「先生もそう思われますか」

胡桃埼は大きく頷いたが、すぐに耕輔のほうに目を向けて、

「いやね、ほんとうの誤りは、限られた人間の理性で万能の神の理性を把握できるという人間の傲慢さにあるわけだ。祈りだけで自己の運命を一変させ得るなどとうてい不可能だということだよ。自己が救われるかどうかはべつとして、人間はこの世に生まれてきた責務を全うしなくてはならない、神に選ばれた少数の選民という誇りを胸にね」

「開拓者精神みたいですね」

「……良い例えだ。さすが北海道出身だ」

「はい。時代錯誤だと嗤《わら》われるかもしれませんけど、ぼくの血のなかには『開拓者精神』が流れていると実感しています」

するとと胡桃崎はダムが決壊したかのように、いろいろな、おそらく学術用語と思える言葉を注ぎ入れてまくしたてた。

耕輔はその勢いに圧倒されながらも、相槌を打った。それでも耕輔が理解できない成句が混じっていたことは否めない。その筆頭格は「人文主義」だ（後年、耕輔は「人文主

義」とは古典古代の異教の古典を読むことで人格形成を旨とする生き方を指すことだと学び、オランダ人のその代表格として、ロッテルダムのエラスムスを知るにいたる）。そして胡桃埼の説明を聴きながら初めて自分が大学生になったという思いが募った。実は語学の勉強だけでは飽き足らぬものを感じていた。ある国や地域の言語を習得するには地道な努力の積み重ねが必須だ。下積みとか修業の時期が長い。それだけに、読めたり話せたり出来る日がくると嬉しさ百倍だ。でも、それだけではつまらない。そのあとの段階、つまり国や地域の政治・経済・社会、それに文化の蘊蓄《うんちく》がほしくなる。

胡桃埼の講義はそれへの道を拓いてくれそうだ。

「みなさん、今日、お話ししたことは難しかったかもしれませんが、人文科学の入り口に立って、来週から、オランダの文化を学んで行きましょう。英米文化とは異なりますが、世界史上、オランダが覇を唱えていた時代があったのは事実ですから手ごたえはあるはずです。わたしがこの大学で教鞭を執っての最初の授業で、『宗教改革』まで話が及んだのは今回が初めてでした。良い経験をさせてもらいました。来週からが愉しみです」

胡桃埼は耕輔に視線を投げた。

耕輔はすがすがしい気分で教室を出、下宿への帰路についた。もうその日は授業がなく、残った時間は読書に充てた。いま読んでいるのは島崎藤村の『夜明け前』だ。「木曽路はすべて山の中である」に始まる大作だ。幕末が時代背景として設定されており、馬籠本陣の当主となる青山半蔵が主人公だ。この人物は藤村の父がモデルだという。

第一部（序の章・上巻・下巻）と第二部（上巻・下巻）という構成で、一昨日やっと第一部を読み終えたところだ。第一部の内容は主に半蔵の青年期と彼を取り巻く友人たち――みな本居宣長や平田篤胤の系譜を引く国学者の一群の動きと攘夷、尊王、公武合体派の胎動が、あたかも叙事詩を思わせる散文で綴られている。

このような筆致で「国学」を説明している箇所がある――「中世以来学問道徳の権威としてこの国に臨んで来た漢学《からまな》びの風の因習からも、仏の道で教えるような見方から離れよということであった。それらのものの深い影響を受けない古代の人の心に立ち帰って、もう一度心寛《ゆたか》にこの世を見直せということであった。一代の先駆、荷田春満《かだのあずままろ》をはじめ、賀茂《かもの》真淵《まぶち》、本居宣長《もとおりのりなが》、平田篤胤《ひらたあつたね》、それらの諸大人《うし》が受け継ぎ受け継ぎして来た一大反抗の精神はそこから生まれて来ているということであった」――。

高校の倫理社会の授業で、徳川幕府認可の漢学は朱子学と習ったが、その後、陽明学やら古学やら心学やらいろいろ出てきて、それぞれの主唱も関係も整理がつきかねた。国学もそのうちのひとつだ。太平な江戸時代に栄えた諸学を高校では暗記のかたちで詰め込む教育を受けたせいか、系統立てた流れをなかなか捉えられなかった。だが、小説のなかの一節として記されると、すとんと胸に落ちてくるものだな、と感じ入った。

国学とは、漢意（儒教）とも仏教の教えとも異なる。賀茂真淵、本居宣長が古事記や万葉集の研究に打ち込んだわけがわかる。いまだ漢意にも仏教にも染められていない古代の日本人の心性を二人は尊んだ。こうした古代にこそ生きる範をみた思想は神道讃美へとつながって、篤胤の後継である鉄胤の時代の尊王攘夷なる思潮を生み出す契機となった。

第一部は三〇代半ばまでの青山半蔵の国学の勉学と、馬籠宿を往き来する大名行列、江戸への参府者、水戸天狗党の乱も含めて描かれている。とりわけ天狗党の一行が加賀藩に阻まれ、投降する場面が詳述されている。水戸藩は尊王思想の基点だ。

耕輔はこの長篇を嚙みしめるように読んでいる。自分も幕末を生きているような気分になる。ペリー来航の報せで動揺する幕府や薩長の攘夷思想の変遷も書き込まれた第一部を読み終えたのち、しばらくその余韻に浸っていた。江戸や長崎といった海浜ではない木曽の田舎で知的好奇心にあふれた半蔵の焦りや逡巡が率直に伝わってくる。また江戸時代、学問の普及と人物の往来が思ったより頻繁にあったことを知った。耕輔たちは明治の文明開化に目を奪われすぎた。

オランダの授業の初回があったその日から第二部に入る予定だ。一部と二部に分けたのはそれなりの理由が藤村にあるからだろう。読み始めてみなくてはわからない。下宿に帰って、六畳の部屋に引きこもるともう出たくはなくなるから、スーパーで夕食用の食材を買い求める。母親から野菜をたくさん摂りなさいときつく言われているからいつも好物のレタスを多めに買う。そして帰宅し机に向かって読書に興ずる。
耕輔は高校三年のときに「読書計画」を立てた。近代日本文学をその黎明期から現代の大江健三郎まで、ひとり二、三作ずつ読んでいこうという趣向だ。山田美妙から読み始めた。それが浪人時期は受験一筋だったので中止して、いま藤村にやっとたどりついた。
第二部は、くしくもオランダ人のことに最初に触れている。胡桃埼先生が教えてくれた通りのことを藤村は記している。

和蘭人がこの強大な君主（将軍）に対する謁見はこんな卑下したものであった。これほど身を屈して、礼儀を失うまいとしたのは言うまでもなく、この国との通商を求めるためであった。

「身を屈して」というのは、江戸参府の折に江戸城にて、「オランダ、カピタン」と呼ばれた際、手と膝とで将軍の前ににじりより、前額を床にこすりつけ一言も発することなく、あたかも蟹のようにそのまま後へ引き返したことを指している。胡桃埼の教えてくれたように「商い」のためならどんなに下賤なことでもオランダ人はやり遂げている。ケンペルの『日本誌』には将軍のまえで踊ったり歌を唄ったり、オランダ語を話したりする情景が描かれているが、藤村も同じことを書いている。

時代が移って幕末になると、アメリカからはペリー、ハリスの順で来航してくる。前者が砲撃という軍事手段を辞さずに開国を迫ったのに反して、ハリスは書状を認め委曲を尽くして通商に臨んだと記している。藤村はほぼ全文といっていいほどのハリスのそれを「候文」の和訳で引用している。

そのなかに「鎖国」時代のことにハリスの筆が及んでいる箇所がある。これはめっけものだと目を凝らした。

ホルトガル人、イスパニヤ人など日本へ参り候は自己の儀にて、政府の申し付けにはこれなく候。その頃は罷り越し候もの売買を致し、宗門を弘め、その上、干戈を以て日本を横領する内々の所存にて参りし儀と存じ候。

合衆国大統領が日本のために考えるに、阿片は戦争より危い。阿片交易は日本でも格別注意するようにと大統領も申している。

というふうに、藤村が解説のかたちで地の文で述べている箇所もある。阿片戦争を起こしたイギリスを暗に難詰している。それにしてもハリスは日本の事情をよく掴んでいる。鎖国が続いた長いあいだ、日本人には海外の情報は皆無に等しかったに違いないが、欧米諸国は意外に日本のことに通じている。そのなかでも、彼らが理解に苦しんだのは、「大君」と「天皇」の位置関係だ。どちらが「国主」なのか。

ただ、南蛮人（ポルトガル・スペイン人）がキリスト教の布教を名目にして日本の領土を欲していたことは事実であり、それにひきかえオランダ人が通商だけを希望していたことが、ここでも確認できる。士農工商という江戸時代の身分制度のなかで、実はあっても地位の低い「商人」にオランダ人が甘んじていたということだ。

胡桃埼のこれからの授業に期待が持てる。

翌日、裏門をくぐって登校すると、そこに広芝加奈が門柱に身を寄せるようにしてたたずんでいる。

「あっ、広芝さん！」

耕輔は期せずして叫んだ。どうしたの？　という顔つきだったはずだ。

「わたしも裏門を使うほうが早く大学にいけるの」

「じゃ、外大の裏手で下宿してるわけ?」

「そういうところかしら」

「それにしては、いままで出くわしたことがなかったね」

「ええ、そうね。不思議ね」

加奈の頬があからんだ。

「で、ぼくを待っていてくれた? そんなわけはないよな」

「……待っていたといえば、そうなるかしら」

加奈の視線が耕輔から離れて一瞬揺らめいた。どう対応してよいか戸惑う。

「てっきり、園田さんとおなじく小田急沿線に住んでいると思ってた」

園田初子と羽子板市に出かけたときのことが脳裡をよぎってゆく。そしてしきりに加奈のことに触れていた初子のことも。また、加奈を篭絡《ろうらく》しようとしている蕪木洋司の顔がゆがんで移ろう。

「今日はぼくと同じ二限目からなんだね」

「そう、わたしは英語。北野君はオランダ事情よね。初子から聞いたわ。初子と並んで聴講してるってことも」

「……そんなこと、話してんの？　こまったなぁ」

「女の子が集まれば、男子や服や旅行の話に花が咲くの」

これは初子も言っていた。歴史とか文化は話題にのぼらないらしい。ましてやインドネシアやオランダのことなど、どこ吹く風なのに違いない。むろんそうでない女子学生もいるだろうが、他のひとたちはいったい何のために進学してきたのだろうか？　結婚相手をみつけることが主たる目的かもしれないが、それではあまりにもわびしすぎる。それぞれが異なった語科に納まるから、共通な話題の友人が出来て、その国に留学が可能だからか？　実際、二年生の夏休みに専攻語の国に一カ月遊学する学生（特に女子）が多いことは確かだ。専攻語の国ではなく、英語圏の語学学校にゆくひともいる。ひとそれぞれだが、耕輔はむろんオランダに行きたい。これは誰にも打ち明けていない。

そのとき一時間目の終了を告げるチャイムが鳴った。その音に声が被さるように加奈が、初子と並んで腰かけないで、とつぶやいた。チャイムの音がまじっているから加奈の言葉を正確に把握したかどうかはわからない。でも、そうした内容のことを耳にした。

余計なお世話だ。だれと並んで坐ろうとこっちの勝手だ。初子はいろいろと耕輔に関する情報を加奈に伝えているようだ。迷惑な話だ。

「チャイムのせいではっきりとキャッチできなかった。ごめん。今度は他の音が入らないときに喋ってね。じゃ、講義にいくから。また」

　耕輔はさっさと加奈の許を去った。そしていつもの教室に入って、先にきている初子の隣の席に腰かけた。途中、廊下で裏門に速足で向かっている洋司とすれ違った。

「さっきね、広芝さんに逢った。彼女、この付近に下宿している?」

　初子の表情がさっと変わった。

「……違うわ。加奈ちゃんは中央線の荻窪よ」

「そう。じゃ、何で嘘をついたんだろう。それと、蕪木さんと廊下で出会った。急いで裏門のほうに向かっている感じがしたな」

「そうなの。……きっと加奈ちゃんを待たせている、と思ったのよ」

「それでか。でもね、ぼくにはぼくを待っている気がしたけどな」

「思い過ごしよ」

　くすっと口に手を当てた。

「だろうね。彼女には蕪木さんがいるんだし」

　そう応えると初子は、態度を一変させてそうじゃないと手を左右に振った。

「羽子板市のときに話ししたでしょう。本命は北野君なの」

　ならなぜ加奈は蕪木とつき合っているのか。この疑問を問いただそうとし、耕輔は改め

て初子の横顔に向かって、

「じゃ、無理をして蕪木さんと逢っているわけ？」

「北野君は女の子の気持ちがわからないのよ。女って、誰かが傍らにいてくれないとダメなの。たとえその男《ひと》が、二番手であっても、ね」

「それじゃ、蕪木さんが気の毒だね」

「いいのよ。相手から告白されたら、『お友達でいましょ』と応えればいいんだから」

耕輔は唸った。そういうものなのか。仮に初子に好きだと伝えた場合、同じ返答がなされるのではないだろうか。

そのときチャイムが鳴り、やがて胡桃埼がやってきた。

オランダ事情の授業は二年生か三年生かのうちに単位を取得すればいいので、狭い教室には知らない顔が多数ある。椅子がほぼ埋まっている教室は教える者にとってはうれしいようだ。胡桃埼はいつも陽気だ。

「今日はオランダ共和国時代のことをお話ししましょう。かの国はスペインから独立を果たすのに八〇年もかかりました。粘り強く頑張ったわけです。それから特筆に値することとして、かのデカルトやスピノザ、それにジョン・ロックなどの世界的哲学者や思想家がオランダで研究をして、代表作を印刷・発表しているのです。デカルトの『方法序説』

もそのなかに含まれます。さて、これはどうしてか推察できますか？」

言い終えると胡桃埼は初子に視線を向けた。わたしですか？　と鼻に指を立てた初子はにわかに困惑した表情をあらわにして下を向いてしまった。だからと言って考え込んでいるふうでもない。みかねた耕輔が、代わりにぼくが応えますとして、

「そうした哲学書や思想関係の書が自由に印刷・刊行できたのは、オランダが自由の国だったからだと思います。デカルトの故国フランスでは、たぶん、検閲制度があって、自在に出版できなかったからでしょう。オランダは一七世紀、世界に覇を唱えたもっとも豊かな国だったからです。市民（商人）階層がしっかりと国の舵取り役を買って出て、自由な共和国として、カルヴァン派を信奉しながら富を蓄えていった。そういうわけではないでしょうか？」

胡桃埼は耳を澄ますように耕輔の分析に聴き入っていた。

「おどろいた。まったく君の言ったとおりだ。今年度は君のような学生がいて、教員冥利に尽きるな」

胡桃埼の褒めように耕輔は頬をあからめた。知っていることだけを喋ったに過ぎないのだ。これが驚愕ならこれまでのこの授業がいかに学生にとっても教員にとってもつまらないものであったか。

インドネシアという国の文化を語る講義では、これよりさらに変化の乏しい授業が展開されるのだろう。教員のせいではなく受講生の歴史や文化に寄せる意欲のなさが原因なのだ。

「諸君もインドネシアの事柄ばかりでなく、植民地時代の宗主国であったオランダの文化を積極的に学んでほしい。ネシア語のなかにもオランダ語の派生語が遺っているはずだよ」

そう励まされても、みなはネシア語の学習もいやいややっているのだから、オランダの文化や言葉などに興味を寄せるわけがない。

講義を終えて外に出ると、洋司がたたずんでいた。こんにちは、と耕輔が挨拶した。先方も軽く頭を下げてから言い放った。

「下宿にこおへんか?」

「……蕪木さんの、下宿へ、ですか?」

「そう。決まってるやん」

何のためにとは問い返さなかった。

「今日はまだ授業があるんですけど」

「パンキョウ［一般教養科目］やろ? 一回くらいサボってもどうということあらへん」

「でも、憲法ですから。またべつの日にして下さい」

「意外にクソ真面目なんやな。それならいつが空いているねん？」

耕輔は本心では空きなどないと言いたかった。それで、広芝と園田さんを誘ってではどうか、と提案してみた。

「うん、そう出たか。それでもいいさ。ただ、彼女たちがうんと応えるかどうかが問題やから」

「たぶん大丈夫だと思います。先輩の予定は？」

「オレはいつでもＯＫだよ」

「そうですか。なら今週の土曜日あたりに」

「いいよ。うまく二人に声掛けしてくれよな」

その横顔には剃刀の剃り跡が残っていて、何本が青白く浮き出ている。

「任せてください」

応じながら本音のところで確信が持てなかった。初子はいいとしても加奈が受けつけないのではないか。五時間目に日本語からインドネシア語へ作文の授業があり、二年生はみな出席する。そのときに話してみよう。蕪木がどういう下宿で過ごしているのか、いくぶん興味がわいた。耕輔と同じく物書き志望である男の部屋——本で埋まっているだろうか。

掃除が行き届いているだろうか。ガスや水道が部屋のなかの一画を占めているだろうか。耕輔の間がり風情の下宿とは違うのを願いたい。

5　蕨《わらび》駅東口改札

五時間目の作文の授業では、まえの週に課せられた日本文のインドネシア語訳を添削希望者が授業開始までに黒板に書いておく手筈だ。毎回のように耕輔は間違いだらけの作文を書き連ねた。ほかにも常連がいた。高校の英語の教諭志望の川上だ。彼はいちど英語に直してから、『英語・インドネシア語、インドネシア語・英語』辞典を用いて毎回的確な訳文を披露した。

先生はインドネシアから移住してきた日系の方だ。鼻の下に髭をたくわえた威厳を誇った容貌の持ち主で、日本語にもたいそう通じている。東京のさる大学院で江戸時代の元禄文化を研究していると自己紹介した。まだ若くて妻帯しているようにはみえない。いつも白いワイシャツ姿で現われては、日本の文化への造詣の深さも講義の合間にさしはさみながら、テノールの声でよどみなくみなを牽引した。

蕪木との約束を初子と加奈に伝えなくてはならないので、その日は黒板には訳例を書かず二人の許に近づいて誘った。

「蕪木さんがそう言ったの？」

加奈が即座に反応した。迷惑そうな表情だ。

「北野君も行くの？」

食い下がる体でさらに訊いてくる。

「そう。ぼくと、園田さんと広芝さんの三人で、今週の土曜日に。土曜日、都合悪い？」

「空いているけど。急な話ね」

加奈がこぼした。

「まーね。彼には彼なりの考えがあるんだろ、きっと」

「どんなところかしら。わたしなんか……」

加奈が言いあぐねた。すると初子が、行ってみましょ、男のひとの部屋を覗いてみたいわ、ね、加奈ちゃん、と加奈をたきつける。

「ぼくもね、関心があるんだ」

「なら決まりね。今週の土曜日、行きましょう」

初子はうきうきした顔つきだ。一方、加奈は沈んだままだ。思いに耽っている感じが漂ってくる。

土曜日の午後、洋司が案内役となり、外大の裏門から出発した。登校時洋司は王子駅で降り飛鳥山公園を横切り、都電からはなれた近道を歩いてくるのだという。その日はその逆の道をたどることになる。二〇分くらいかかるかな、と弾んだ声でみなを先導した。何本かの路地を道に迷ったかのように歩き、高校だという大きな建物に突き当たると右の道を選んだ。すると飛鳥山公園の盛土がみえてくる。そこを登って眼下に公園をみわたして、王子駅へと急いだ。都電の線路が横目にはいってくる。

初夏の日差しがまばゆく、額に汗がじんわりとにじみ出ている。良い運動だ。初子も加奈もすがすがしい目つきをして額の汗を拭っている。洋司もご機嫌だ。なにせ、人数は三人といえども加奈を下宿に迎えられるのだから。

四人は高架の王寺駅のプラットフォームで電車を待つことにした。

「京浜東北線は本数こそ山の手線の比ではないけど、赤羽を過ぎるとスピードを上げるから気分がいいんだ。冬の晴れた日なんか、橋の上から富士山を遠望できる。東京都と埼玉県を分かつ橋だ」

洋司は得意気だ。

「何て言う名の川？」

初子が尋ねた。

「荒川」

「荒川ねぇ。都内を離れてどこかの田舎にやってきたようね」

加奈の口調はしみじみとしている。無理もない。加奈は荻窪、初子は参宮橋駅付近に住んでいるのだから。

「先輩、どうして都内で部屋を借りなかったんですか?」

耕輔が問うた。

「賃貸料が安いんだよ。都内の三分の一だ。外大の住所は北区と呼ばれているように東京の北寄り、つまり埼玉県に近い。荒川を越えると安くなるんだ。ぼくのアパートなんか一ヶ月一万五千円ときている」

そのとき空色の電車がやってきた。空いている。乗車するや初子が、渋谷区に決めなければよかった、と言った。するとそれを受けて加奈も荻窪に住む自分を贅沢だと責めた。耕輔は、洋司が一昔まえのアパートに暮らしていると予想され、四人のなかで自分だけが間借りだと知った。

「蕨って、蕨がたくさん生えている?」

「いいや。地名の由来は、藁を燃やして上がる火で『わらび』だと聞いたことがある。

中山道の二番目の宿場なんだ」

「そうなの」

尋ねた加奈が感心している。

「だけどね。蕨市は、蕨駅の西口の改札を出たところで、ぼくのアパートは東口を出た川口市にある。だから住所は川口市だ。でもね、蕨市の商店街をずっと西に向かって歩いたことがあったんだけど、どこに行きつくと想う？」

「さて、そこら辺の地理がわからないから、当てられない」

正直に耕輔が応じた。

「驚くことなかれ。戸田に出るんだ」

「戸田に？」

洋司を除いた三人が目を白黒させた。外大生にとって戸田はすなわちボート場のある街であり、毎年六月に各語科対抗のボートレースが催される場所だ。

「戸田か、懐かしいな」

耕輔が一年前の記憶をたどるように目を細めた。たいてい一年生が大会に参加することになっており、ボート部の部員が漕ぎ方の指導に当たる。男女それぞれ各語科で一チームの出場が普通だ。各ボートには名前がつく。耕輔の思い出のなかには、インドネシア語科チームの名前よりも、日本語学科に入学して来た留学生たちが「外人」という表現をチーム名としたことがある。「外（国）人」という表現に耕輔は引け目を覚えた。決して好ましい言い方ではない。

留学生たちは自虐的な見方をしているのか。それでも彼らは彼らなりに愉しんでいて、着順もよかった。

耕輔たちは、水曜日午前中の主任教授担当の授業の際、教授にボート大会のために戸田に練習にいきたいと頼んで許可を取りつけ、電車とバスで戸田ボート場へ一時間半をかけて赴いたものだ。

戸田ボート場は一九六四年の東京オリンピックのボート会場に充てられた由緒ある場だ。両側に各大学や企業の艇庫が並び立っている。その規模の大きさで大学の覇《は》がうかがえた。

艇庫の横には部員たちの宿舎が建っている。インドネシア語科にもひとり部員がいた。女子学生で活発なひとだ。彼女によると朝は四時頃から練習を始めるらしく、泊まりがけだという。自分の下宿よりボート部の宿舎のほうでの生活が主流らしい。食事は女子栄養短大の学生がこしらえてくれる。彼女は語科の者たちに入部を働きかけたが、誰も部員に加わらなかった。

耕輔はコックスの役を担った。簡単そうにみえてなかなか骨のかかる部署だ。漕ぎ手をまとめて方向を一定に保ち、かつ気概を引き出さなくてはならない。授業を中止までして練習したのに、本番では第五位で予選落ちしてしまった。女子も振るわなかった。

ボート場の水が陽光を反射し目に飛び込んできて、思わず目を手で覆った記憶が蘇る。紫外線で目が冒される――そこまで考えが及んだかどうか意識はしていなかったものの、とっさに取った仕草だ。それと揺らめく水から立ち上る初夏の匂いが思い出される。

車内では加奈と初子をはさむかたちで右側に洋司、左手に耕輔という具合に腰かけている。荒川をわたってから電車のスピードが増したが、その分駅と駅のあいだの距離が長くなった気がする。みな押し黙って窓外の景色に見入っている。


やがて蕨駅に着いた。洋司が一歩さきを歩いた。東口の階段を降りると、左手に東部ストア、右手にゾンク堂書店が目に入る。駅からまっすぐ東に向かってメイン通りが伸びている。どうやら繁華街らしい。東京で各駅に見られる「〇〇銀座通り」にも商店が林立している。東京のベッドタウン化しているのだろう。洋司はタクシー乗り場で立ち止まると、タクシーで行こうか、と誘った。

「近いのなら歩いていきませんか」

耕輔が言った。耕輔は街の散策が好きだ。多少遠くても構わない。

「園田さんと広芝さんは？」

洋司の誘いに、二人とも歩いてみたい、と応えた。それならと洋司は残念そうな顔つきをして、こっちだ、とまた一歩まえを歩き出した。駅前に東口の地図が看板のように建っていて、歩き始める寸前、耕輔の目をとらえた。「川口市芝」、「芝中田」と、「芝」の文字が両方に入っている。「芝」が与えるイメージは「芝生」を連想させるので悪くはない。洋司は芝中田のほうに向かった。くしゃみをすればそれが響きわたるような住宅街だ。

「いいところですね」

加奈の感想だ。初子も同調した。荻窪と参宮橋に住んでいる二人はおのおのの地域を規準にして述べているのだろう。そのうち洋司が腕を上げて、あのアパートだよ、と指さした。予想していた通り二階建ての古風な造りだ。

「あそこの一階の奥のひとつ手前」

さりげなく洋司が説明しているうちに四人は到着した。扉が並んでいる。そのまえを進んだ。すると洋司の動きがとたんに早くなって、鍵を開けて扉を引くと、

「さあ、扉の陰に隠れて」と命令口調になった。三人は洋司が開けたドアの後ろにまわって息を潜めた。

「もう帰ったんですか？　早いですね」

知らぬひとの声がする。

「きょうはね、特別さ」

洋司の声だ。

「何かいいことあったんですか」

「まあね」

「じゃ、また」

扉の閉まる音がとよんだ。とほぼ同時に洋司がドアをもとにもどして、ごめん、と詫びた。

「ここは女人禁制なんだ。さ、ひとがこないうちになかに入って」

加奈と初子は口に手を当てがって驚きを隠せずにいる。耕輔も洋司の大胆さに困惑気味だ。

「一言、打ち明けてくれればよかったのに」

耕輔の批難めいた口吻に、

「すまかった。事情を言えば、きてくれないかと思って」

「そんなこと、ないです」

加奈と初子が口裏を合わせるかのように応えたが、二人の目は曇っている。

部屋は本の山だ。評伝を書く意思を持ったひとの部屋なのだと耕輔は感慨に耽った。流しとガスコンロ、それに押入れ。学生専用のアパートだ。机に本棚。本棚に目をやった。シーボルト関係の図書が何冊も並んでいる。本棚と真正面の壁にはフォークソンググループのＰＰＭのポスターが貼られている。

「座布団が四人分ないんだけど、カーペットを敷いてあるので、我慢してくれ」

三人は気を遣わなくてもよいと期せずして声がそろった。テーブルを兼ねた炬燵が部屋の真ん中に置かれている。耕輔の下宿の部屋とまるっきり同じだ。おそらく初子も加奈も同様なしつらえの部屋だろう。耕輔の場合、東京に出てきてから炬燵を知った。「知った」とは大げさな表現で、もっと的確に言えば「使用した」のほうが妥当だろう。北海道の冬の暖房は灯油ストーブが主流だ。幼かったころは石炭かコークスかのいずれかだった。それが、中学生のころから灯油燃料に代わった。部屋全体を温めてくれる効率の確かな暖房具だ。木造の中学校では、教室の隅にだるまストーブが控えていた。教室は容易にぬくもらなかった。

炬燵の欠点は背中に暖が及ばぬことで、耕輔の部屋では灯油ストーブも置いて部屋全体を温めるのに利用している。

季節は初夏だから座布団類は不要だ。

「男のひとの部屋って、雑然としてるのね」

感じ入ったように加奈が言った。初子がそうねと頷いた。

「ぼくの部屋もこんなもんだよ。どうせ、四年で出てしまうのだからね」

「その通り。余計な家具はいらない、というわけさ」

「ところで蕪木さん、シーボルト関係の本がたくさんあるけど、何か理由があるんですか」

これだけ訊いたら長居は無用だという口ぶりで初子が尋ねた。そのとき洋司は流しに立って湯を沸かしにかかるところだった。振り向いて応えた。

「北野君には話してあったんだけど、一期校は京都の平安大学の医学部を受けて失敗したんだ。願書を投函するとき二期校を関東外大のインドネシア語科と決めていた。日本にやってきて鳴滝塾を開き多くの日本人に医学や植物学など、広範囲にわたって西洋の知見を授けたシーボルトに、高校時代から関心があった。それでオランダ語も学べるネシア科を受験したわけなんだ。ところでシーボルトがほんとうはどこの国のひとだったかわかるかい？」

薬缶をコンロの上に乗せて火をつけ向き直った洋司が三人に問いかけた。

「そりゃあ、オランダ人ですよ」

三人の回答は同じだ。

「いや、それがれっきとしたドイツ人だったんだよ。当時ね、長崎の出島にはオランダ人よりドイツ出身のひとのほうが多かった」

「初耳です」

耕輔が驚くと、

「そうだろう。日本人は騙されていたんだよ。『出島の三学者』と呼ばれるひとたちがいてね、胡桃埼先生の小話もその三人の書き遺した本をネタにしている。まず、『日本誌』を著わしたドイツ人ケンペル。『日本紀行』の作者で分類学者リンネの弟子である、スウェーデン人ツンベルク、それに一九世紀のシーボルト、といった寸法さ。そのなかでシーボルトがいちばん有名かな」

洋司は得意気だ。ドイツ語も履修しているという。耕輔はまさか洋司にそこまでの知識があるとは、意外だ。平安大学の医学部を落ちて関東外大に、それも偏差値の低いインドネシア語科に進学したわけがやっと理解できた。生半可な気持ちで在籍しているのではない。だが衝撃を受けた分、返って胸がすっきりした。耕輔は洋司が近い将来、商事会社に勤務する傍らシーボルトの評伝作家として頭角を現わすのを見守っていたいと本心から思った。そしてオレの道はこうしたノンフィクションではなく完全なフィクションの世界での勝負だと改めて決意した。

「確か、娘がいましたね」

「よく知ってるな。イネという名で、遊郭の女との間で出来た子だと言われていて、オランダおイネというのが通称だよ。その娘だが、成人してどういう職業に就くと思う。ここまで知っているなら、オレは北野君の博識に頭を下げるよ。園田さんも広芝さんも考えてみて」

洋司は先ほどから蚊帳《かや》の外に置かれている二人に声をかけた。二人の女子学生は顔を見合わせて困惑気味だ。耕輔は女の子が集まると男子の話が中心になる、ともらした初子の言葉を思い起こした。こうした学術めいた会話などおそらく苦手だろう。話を振った洋司もひとが悪い。耕輔はそこまでは熟知していなかったが、何か応えなくては腹の虫がおさまり切らないので、

「イネは鳴滝塾で興った蘭学の根を絶やさないために塾の維持に奔走した、かな？」

「近いね。もう少しで正解だったよ。イネは成人後日本で初めての女性の産婆（助産婦）さんになった。医師は男子たるものの職業だったが、今でいう産婦人科の医師も男であることに、女性たちはやはり抵抗があった」

洋司は加奈と初子に視線を流し、合意を取りつけるような言い方をした。二人はそうしなくてはならないといった感じで、即刻頷いた。

「さぞかし繁盛したことでしょうね」

「ああ、人気があったみたいだ」

「でも蕪木さん、出島にはオランダ人がこなかったんですね」

「それね、じつに不思議なことなんだ。ドイツ人のほうが向学心が強かったんだろうね」

「通詞（通訳）にはバレなかったんですか？」

「そこだよ。日本の通詞とてバカではない。日本側は変だと思ったらしいが、シーボルトはこう言って疑念をかわしたと伝わっている――『わたしはオランダの山のほうの出身だから訛りが強い』とね」

すると加奈が手を口に当てがって哄笑した。

「……日本人の通詞も間が抜けているわね。オランダは低地で山なんかないのに」

「ご明察。その通りだ。広芝さんに一本取られたな」

耕輔はまぐれだと臍を噛んだ。普段の加奈からは想定外の応えだ。実際、オランダは干拓によって国土を築き上げた国だから山地など遠望できるはずがない。加奈は高校時代地理が得意だったのかもしれない。

ここでふと不思議に思ったことがある。女の子がいると、洋司の言葉遣いが標準語に一変していることだ。

そのとき薬缶が噴き出し始めた。洋司は立ち上がって、日本茶、コーヒー、紅茶のいずれがよいかを訊いた。みな、緑茶と応えた。

目のまえに出された煎茶を味わいながら、話題はオランダ商館医師としてのシーボルトから外大の各教授の噂、すでに出来上がっているカップルについての話題、四年生の話へと、驚きと微笑みのまじった気楽な場となった。

初子と加奈は芯から笑っているようだ。箸が転んでも笑う、とはよく言ったものだ。

耕輔は女の子たちの普段着の姿に目を細めた。洋司はあたりまえという構えで彼女らを巧みに爆笑へといざなっている。扱い方になれているというのが耕輔の印象だ。これはかなわない。オランダに関しての知識も女の子を操作する点でも一枚上手だ。加奈が洋司とベンチに腰かけていたのにはこうした理由もあるのだろう。耕輔に向かってお辞儀をしたというのは妄想だったのかもしれない。

6　ハンカチ

中央線を利用する加奈と小田急線で通う初子、それに一年先輩の山名晴美の三人が同じ山の手線に乗車することがあって、大塚の都電の停留所でときたま顔を合わせる。女三人寄ればかしましいと言われるが、三人は都電を待っているあいだも乗ってからも話す事柄に欠くことはない。主に晴美の喋る話題にあとの二人が呼応するかたちだ。

「園田さんも広芝さんも彼氏のほうはどうなの？」

さも晴美にはいるかのような唐突な問いかけだ。

「蕪木君と広芝さんのことはみな知っているわよ。毎日のように前庭のベンチで仲睦まじく話しているって」

晴美の大きな目玉が加奈を凝視した。

「あれは違います。ただのダベリです。それに週に一回だけです」

「そうですよ先輩、加奈の好きなひとはべつにいるんです」

「なら、誤解を招くようなことをしないで本命にアタックしなくちゃ」

攻撃的な口調だ。

「それが出来れば苦しむことなんかないんです。でもそのひとが好きなのは初子ちゃんらしいんです」

「それは複雑ね。友情が絡んでくるものね」

晴美は声を落した。

「山名さんにはいるんですか」

「ええ」

「それならお訊きしたいことがあるんですけど、先輩はどうやって男のひとと稔りあるおつき合いまで持っていくんですか」

真剣な眼差しを加奈が晴美に投げた。

「……。稔り、ねぇ。それは……」

言いよどんだ。

「電車のなかでは応えられる種類のことじゃないわ。時間を作ってくれたら打ち明けてもいいわよ。園田さんも広芝さんにも彼が出来るといいからね。少しくらいなら指南するわ。わたしでよければ」

とたんに妙に艶っぽい口調になった。

「山名さんの体験談が聴きたいです」

加奈と初子が同時に言い放った。

「それじゃ、空いている時間を教えて。わたしは午後いちばんの時間がいいわ」

二人ともにその時間は社会学の講義がはいっていたが、晴美の話のほうにとうぜん軍配が上がった。

「大丈夫です。で、場所は？」

「生協の喫茶室」

「わかりました。そこに一時に」

「OK。待ってるわ」

晴美がそう呟いたときに、電車は西ヶ原四丁目に着いた。

晴美のほうが先にきて紅茶を喫《の》んでいた。加奈と初子も紅茶をセルフサーヴィスで奥のテーブルまでこぼさないよう運んだ。

「今朝の続きだけどね」

さっそく晴美が口火を切った。

「結論から言ってしまえば、『三角地帯』をいかに相手にアピール出来るかにかかっているの」

「『三角地帯』？　それなんです？」

加奈と初子は顔を見合わせて互いに首をひねった。

「あら、知らないの。『絶対地帯』と呼ぶひともいるわよ。それじゃ、彼氏をみつけるのは無理ね。二人とも今日はタイトスカートだわね」

「はい」

怪訝な声だ。

「これからは彼がみつかるまでミニスカートにするの。どんなに寒くとも。持ってるでしょ」

「もちろんです。でももう流行《はやり》ではないし、それにわたし腿が太いんでミニははきたくないし、似合わないんです」

加奈が応えた。

「あらっ、広芝さんはこの三人のなかでいちばん男の子を惹きつける顔立ちをしているのに」

晴美は加奈の脚に目をやった。そして隣の初子に目線を移して、園田さんのほうがすっ

きりしているわね、と褒めた。顔に血が上った初子は加奈の手前、

「わたしは顔が大きいし、傍からみてもモテるタイプじゃない。脚くらいだけです、自慢できるのは」

「そこがポイントなのよ」

「ミニと太腿とのあいだにぽっかり芽吹く領域があるでしょう。男のひとはそこに目をやって、たいていのひとが奥へと手を入れられたら御の字だなあ、と想像するわけよ」

「いやだあ、色仕掛けですか?」

二人は同時に身を乗り出した。晴美を責めるような口吻だ。

「いまさら子供めいたことを!　女の武器は有効に使わなくてはダメなのよ」

すると初子が、

「……処女を棄てるっていうことですか?」

そうかと加奈も気づいたようだ。

「棄てるんじゃなくて一人前の『女』になるってこと」

「……それなら先輩はもう?」

「あたりまえよ」

加奈の問いに晴美は胸を張った。

「三角地帯から手を入れられたのですか?」

遠慮がちに加奈が尋ねた。晴美はそのときのことを思い浮かべるかのように口許に笑《え》みを浮かべて、

「許してもいいひとだったから、手を入れられたと同時にスカートを脱いだわ」

露骨な回答に加奈はうろたえた。加奈は三角地帯が目立つほどに腿が細くない。そして耕輔の気を惹きつけられないのは見事な領域を生み出せないからだろうか。他方、初子の脚はアスパラガスに例えてもよいほどだ。充分に三角地帯が完成する。

「処女をあげて、わたしは『女』になった。そういう気分というか、達成感というか、そんな感じを抱いたものよ」

晴美が即座に断言した。

「でも先輩にはそうしたレベルまで行った相手がいたからですよね。わたしたちにはそうした異性に恵まれていないんです」

「だったら、広芝さんには蕪木君がご執心のようだから、彼にしてもらえばいいのよ。彼なら三角地帯がなくてもしてくれるわよ。そうしてから本命を狙うの。そのときあなたはもう立派な『大人の女性』。色仕掛けをしなくてもしぜんと色気が湧いてくるはずだわ」

そのとおりだと加奈は思う。晴美の色っぽさが処女でないことに起因しているのは確か

だ。

「加奈ちゃん、試行錯誤のつもりでやってみたら？」

初子が勧めた。

「蕪木さん、上手にしてくれるかしら？」

大胆な発言をした自分に加奈自身がひるんだ。

「うまく行くと思うわ。オランダ通以外、何の取り柄もないような堅物だけど悪いひとではないから」

晴美が太鼓判を押した。

「……。でも、やっぱり、最初にあげるひとは好きなひとがいい」

「蕪木君とのは準備段階だとみなせばいいだけよ。一回だけ、と念を押したらいいわ」

そして加奈は実家でよく使われるこの種の業界用語である「破瓜《はか》」や「水揚げ」を思い起こした。芸者が「旦那」と初めて同衾して処女膜を破られることを指す。「破瓜」など、女陰を「瓜《うり》」と見立てていることで容易に想像できる。

二人のやり取りを聴きながら初子は耕輔に抱かれている自分を脳裡に描いてみた。いつも親切で優しい〈耕輔〉を受け容れても悪くはないなと思いが募る。一度だけ誘ってみようか。美貌とはよもや言い難い初子に積極的に近づいてきてくれた耕輔には本心から許してもいいと思う。

「加奈ちゃん、蕪木さんとうまい具合にひとつになれたら案外、彼のことを好きになるかもしれないわよ」

加奈は憮然として、

「その最中に、初子ちゃんは北野君と……」

「そういうことは起こりえないわ。なるほど北野君がわたしに好意を持っていることはわかる。でもそれが恋愛に発展してゆくのはべつ問題よ。わたしが北野君と恋人同士になったらあげてもいいけど、それはありえない」

応えつつ自分が体《てい》の良い弁明に努めていると思いなした。

「ほんと？」

「ええ。だから蕪木さんと事を起こして艶っぽい女になり、北野君のまえに現われたらいいのよ」

「広芝さん、そうなさいな。いま、わたしは三人目の男《ひと》とつき合っているくらいよ」

「三人の方と深い関係に？」

「そう。そこまで行かないと相手の全体が把握し切れないから。気をつけているのは妊娠だけは避けること。必ず避妊具《コンドーム》を使ってる」

「……わかりました。でも男のひとに勝手な期待を抱かせるだけな気がします」

か細い声で加奈が頷いた。

「園田さんも広芝さんも、ハンカチを置ける魅力的な三角地帯の持ち主じゃないの」

晴美の視線に二人の手が即座に三角地帯をおおい、脚を必要以上にくっつけた。晴美は微笑みを浮かべて、大丈夫、あとは心持ちしだいよ、幻想を男に持たせるの、と言い切った。

「幻想?……あのう訊いてもいいですか?」

加奈が唐突に口に出した。

「ええ、なに?」

「あれって、気持ちいいもんですか」

晴美の表情がきりりとしまった。

「最初はぎこちなくて気分のよいものではなかったけど、五、六回目くらいから泥沼にはまった、と言うか、何て表現したらいいか適切な言葉がみつからないんだけど、〈相手〉が自分の真芯を目指して運動を繰り返す。そのときの快感ったらないわ。まるで羊水に浮いているみたいになる。からだが相手の好みにしたがって作られていって、気がついたときには、いつまでもしていてほしいとからだが感ずるようになっている。いまでは、最低週に二回はしてほしい。多いほどよいのだけどね」

「じゃ、蕪木さんとは一回ではすまなくなるのでは？」

加奈は不安げだ。

「だから、広芝さんのからだが相手を欲しがるときに、その本命のひとと結ばれるように算段すればいいのよ」

晴美の応えは合理的に聞こえたが、これには初子も納得しかねた。そんな簡単なこととは思えないし、相手あってのことだから人間関係にかならずほつれが生まれるだろう。

「山名さんは思い切りがいいんですね」

加奈が半畳を入れて食い下がった。

「かもしれない。でも乗り越えなくては、二人目、三人目なんか現われない。処女を棄てて切ってはじめて女の魅力が全身からにじみ出るものなんだから」

加奈自身を耕輔にアピールするためには蕪木とどうしても一線を越えなくてはならないのか。晴美の論理でもやはり得心が行かない。耕輔から思われている初子はどう考えているだろうか。晴美の体験談から初子がじぶんより先に耕輔に許すかもしれない。二人のあいだで「羽根」にも似た役を果たすと約束はしてくれたけれども、どこまで信じてよいものか。異性と交わることを晴美が無理に煽っているとしか考えられない。真意なのかどうかか。

「さ、あとは自分で考えて下さいな。わたしの経験談にすぎないけど、役に立てばうれしいわ」

言い終えて晴美は紅茶のカップと皿をもち返却すると喫茶室をあとにした。

二人はぽつんと取り残された。互いに顔を見合せながらどうする、というふうだ。しばらくして初子が、

「蕪木さんと、してみる?」

「……。わからなくなった」

「処女を失わなくては一人前の魅力あふれる『女』にはなれそうにもない。山名さんのこの意見は正しいのかしら? 蕪木さん、悪いひとじゃないけど」

「そのぉ、好きになるっていうのは、善し悪しの問題じゃないの。初子ちゃんだってわかるでしょ。蕪木さんのほうが北野君より格好がいいけど、あれは北野君と……」

初子はどう応え、慰めてよいか戸惑った。だけど、自分は耕輔と一定の距離を保っているという自信はあった。いつでも自分の場所を加奈に譲るゆとりもある。

「加奈ちゃん、女人禁制の蕪木さんのアパート、また訪ねていって、そして……」

「……そう思う?」

「ええ。北野君のことはそれから、と割り切ってみるべきよ」

「初子ちゃん、北野君とは深い仲にはよもやならないでしょうね?」

「心配ご無用。北野君とはあくまでもお友達」

「絶対よ。でもねぇ、やっぱり男のひとの欲望を故意に利用するようですっきりしないわ」

「……わたしもわからなくなった」


次回ベンチで待ち合わせる日、加奈はミニスカートをはいて行った。洋司はすこし遅れてきたが加奈のミニにはすぐに気づいた。この二人の逢引きをべつの場所から初子が見張っている。そこへたまたま耕輔が通りかかった。何をしているの? と訊かれた初子はバツが悪そうに、加奈たちを指さした。そしてなぜ自分がそうした愚かな行為を取ったのかと恥じ入った。耕輔は、仲のいいことだ、とつぶやいた。その言葉に初子は条件反射のように、これにはきちんとしたわけがあるのと言った。

「立派な理由?」

「そうなの。北野君の問題でもあるの」

耕輔は首を傾げた。わかっていないのねこのひとは、と初子は歯がゆい。

「よく理解できないけど、他人の逢瀬をうかがうのは趣味がわるいよ。さ、向こうに行こう」

初子をグランドのほうに誘った。初子は後ろ髪を引かれる思いで耕輔に腕を引っ張られた。

ベンチでは加奈がスカートの裾と太腿の隙間にハンカチを置いて、洋司のオランダの話に耳を傾けている。晴美が教えてくれた通り、芯から洋司はオランダに関心があるんだなと感心してしまう。加奈にはどうでもよいことだ。

「オランダはね、インドネシアを三五〇年間も植民地にしていたんだ。だからネシアの社会や文化のことを知るにはオランダ語をマスターしなくてはならない」

「はい」

それしか応えようがない。やがて加奈の返答が事務的になってきたのに遅ればせながら察知した洋司が、

「ところで、今日は、何でミニなの。いつもフレアかタイトなのに」

「……うん。そうね、どうしてかしら？　わたしにもよくわかんないの。でも大学に着いたらミニをはいているのに気づいた。でも今日はこれでいいの。わたしの素直な心根がスカートに顕われているから」

「素直な心根？　具体的に言うと？」

「蕪木さんのアパートにもういちど行ってみたいんだけど、あそこは女人禁制でしょ。だからわたしのアパートにこない？」

「えっ、それほんと？」

「ほんとよ。いまからね」

洋司は信じられないこの誘いに股間部が熱くなった。

「荻窪だったね。じゃ、出ようか」

二人はベンチを立って正門を通りすぎ、都電のほうへ向かった。加奈が腕を洋司の腕に絡ませてきた。はじめてのことだ。いったい加奈に何が起こったのだろう？　北野とのあいだに何か難が生じたのだろうか？　いずれにせよ加奈の部屋に上がって鍵をしめたのなら、加奈が自分のものになる。

ある映画の一場面が蘇ってくる。高校三年生の男女が図書館の書架の陰に隠れて、下半身を露わにし、向かい合って正座している。これからはじめてのセックスをしようと双方が構えている。しかし、男子生徒が緊張しすぎて勃起しない。女子生徒が股を開いて横になってやっと盛り上がってくる。それから彼のほうが恐る恐る恥部に近づいていく。その有様を、顔を浮かせた彼女が大事ないかと見守っている——そういう一カットだが、性交が無事に達成されたかどうかは映し出されない。

荻窪駅を出てものの一〇分も歩けば高級な住宅街だ。ひとと出逢わない。たとえ電球が点っていたにせよ、夜間は歩くのが怖いのではなかろうか。

「静かなところに住んでいるんだね」

「そうでしょ。田舎の静けさとはべつ」

「広芝さんは群馬県の草津出身だったものね」

「そう。温泉の町でそれなりの風情が漂っていたけど、ここ荻窪はぞっとするの」

「わかるよ」

相槌を打ったとき、ここよ、と加奈が指さした。洋司は見上げた。三階建ての瀟洒なマンションだ。洋司の住む安アパートとは段違いだ。

「男のひとも女のひとも暮らしている。ほとんどがサラリーマンなの」

「大学生のほうが少ないんだ」

「ええ。みなさん、帰りが遅いわ」

「じゃ、いまどきは、たいていが留守っていうわけだね」

洋司はひとりで頷いている。

加奈が階段に足を掛けて二階で止まって、外廊下を歩き出した。洋司が注意を払いながらあとに続いた。

「ここ」

「二〇五号室か」

加奈は鞄から鍵を取り出して鍵穴に差し入れた。カチンと音がしてドアが開いた。洋司が三和土に立ったのを待ち、扉を閉めて鍵を下ろした。1DKの変形の部屋だ。

「立派なところだね」

ベッドと学習机、流しとガス設備、冷蔵庫と洗濯機、それにトイレとシャワールームがセットとなっている。上出来だ。ただ本棚がない。それを訊いてみた。

「本? テキストなら机の抽斗《ひきだし》のなか」

「いや、テキスト以外の、その何て言おうか、その……」

「蕪木さんと違って、わたし文庫本とか新書の類は買わずに図書館ので読んでいるの。だから本棚なんて要らないわけ」

「……」

返す言葉がみつからない。図書館を利用しているというのも胡散臭い。外大の図書館には各語科の原書が配置されていて、日本語による文庫や新書など、見当たらないからだ。

ネシア語科の女の子ってこんなもんなんだな、とその実態を改めて確認した。

なるほど加奈はひと目を惹く顔つきだ。だけどそれに見合った中身があるかどうかは疑わしい。そうした異性に手を出してよいのやら悪いのやら。そんなことを勘案しているうちに加奈がベッドに腰をおろして洋司をじっとみつめている。幾分、脚を開いている。

「蕪木さん、あからさまにお話ししてよいですか」

その声に引っ張られるかのように洋司がベッドの横のカーペットに坐った。ちょっと開き気味の三角地帯が艶めかしい。

「あからさまにって、いったいなに?」

「わたし、処女を棄てたいの」

「……そうなのか。相手はぼくでいいの? 北野君への想いは?」

そのためなの、と、ひとえに耕輔を振り向かせるために洋司の役回りは棄て石なのだ、とは口が裂けても言えない。しかしそのとき洋司は加奈の眉に瞬時変化を見て取った。これは何かある。

「正直言って、おかしいな、どこか。いったいどうしたわけ? 何があった? 打ち明けてくれないかぎり受け容れられない」

その凛とした口調に加奈は正気を取りもどしたのか、やや時を置いて溜息まじりに語り始めた。

「……そうか、晴美のやつ、しょうがないな。この際だから白状してしまうとね、晴美はぼくと関係のある女だったんだ。一年の後期からね。秋の終わりまで続いたけど、いつのまにか互いに往き来がなくなってしまった」

「そうだったの。でもいいの。この三角地帯からそっと手を入れて」

加奈は仰向けにベッドに横たわって脚を開いた。

洋司は上着、ズボンを脱いで、下着一枚になり加奈を見下ろした。そして加奈の羽織っている衣服を一枚ずつはいでいった。上はブラジャー、下はスカートをそのままにして、言われた通り三角地帯から手を差し入れた。指さきが下着の生地に届いた。そこがかすかに湿っている。手を引っかけた。そしてスカートと靴下ごと脱がした。足に下着が絡んだ。

洋司の下半身はすでに燃えたぎっている。

唇を重ねて舌を絡ませた。加奈はぎこちなく舌を動かした。洋司と加奈は赤子のように唇ゴッコに興じた。それから耳に舌をはわせた。右を襲うと加奈は左を向いて合わせてくれた。加奈は本気なのだと直感した。

「〈ぼく〉をみたいかい？」

「……いい。それよりあれ、して」

わかったと洋司は応じて身をおこし、〈加奈〉を直視した。

恥骨がそびえたっている。頂上にこんもりと恥毛が生えている。恥骨の傾きがよいのか、割れ目がくっきりと目に映った。腰を引いて坐り直し、手を〈自分〉に充てがって洋司はその深い溝を目指して押し入れた。ぬるぬるしながらゆっくりと挿《はい》っていく。自分の下腹部が加奈のそれに完全に触れたとき、洋司はしぜんに腰を動かし始めた。加奈は苦し気に目をつむっている。何も感じないのだろうか。洋司は前後運動が進むにつれ耐え切れなくなった。同時に脳に閃光が走った。

「終わったの?」

「そうみたい」

洋司は萎縮したモノを引き抜いた。

「あっけなかったわね」

「ぼくも久しぶりだったから。本当はもっと保《も》つんだけどね」

「完了だわ」

「……」

加奈は知らん振りだ。次回からは耕輔が相手となる予定だ。

「ねぇ、蕪木さん、今日のことは内緒にしてね。そしてこれっきりだと約束してほしいの」

「えっ、いや、やっぱりそうか」

その言葉が終わるか終わらないうちに、加奈が逆流してくると叫んで、半身をおこし、ティッシュペーパーを引っ張り出して恥部にあてがった。そして胸が露わになっていることに気づくと、布団をすぐさま充てた。いつブラジャーを外されたのか記憶になかった。乳首が腫れて多少とも痛い。洋司に吸われたのだ。乳房ももまれたに違いない。思い出そうにも浮かんでこない。唇を奪われ耳を舌がはい、そのあとにきっと、ブラジャーがはぎ取られたのだろう。恍惚としていたのだろうか。まさに夢の裡に終了している。睦み合うとはこういうことなのだろうか。

「コンドーム、しわすれていたね」

「……でも大丈夫よ、きっと。コンドームはケースで販売してるから、一ケース買ってしまったらまたしてしまう気がするの。だからいいのよ」

「本心?」

「蕪木さんははじめてのひと。とても感謝している」

「それだけなんだ。さすがに晴美の弟子だな」

「お友達でいましょう。これからもいろいろなこと教えてね。オランダの話も」

そう豪語した際、加奈は布団のなかから洋司の下着を恥ずかしそうに手に取ってわたした。投げ棄てられているような体裁のブラジャーに腕をのばして端を摘まみさっさと胸に巻きつけた。さらに枕の傍に転がっている下着をはくために、上半身を曲げて足を入れた。洋司もはいた。

「でもね、蕪木さん、この経験をわたしは決してわすれないわ。約束する」

「それは結構なこった」

加奈は自分でもちょっぴり図に乗っていると思って、首を引っ込めた。

7　鶴

関東外国語大学のキャンパスは一言で表現すれば「狭い」が妥当だろう。それは総合大学ではなく単科大学のせいもある。

正門の真正面に、前庭を挟んでコの字型に造られているのがいちばん大きな学舎だ。はいるとそこは二階だ。廊下伝いに歩いて行くと左折を二度繰り返して反対側の出口となる。そこに立つと正門が左手にうかがえる。また向かってすぐ右手に舞台もしつらえてある中規模の講堂がある。その出口を出て右方向に歩くと、梯子《はしご》のような急勾配な階段がある。足を外さないように降りて行くと裏門に通じる道がある。

次に正門からみて右手のほうには管理棟がそびえ立ち、その奥に各クラブが入居している木造二階建ての、いまにも崩れそうな建物がある。その横は体育館だ。管理棟を横目にみて進んでゆくと文字通り崖に突き当たる。真下はグラウンド。屋外での体育の授業が行われる場であり、体育系のクラブの練習場でもある。崖の上にベンチが設置されており、耕輔が加奈とならんで坐って、野球部の練習を眺めている。隣に坐る相手がいつもの初子ではなく加奈であることがなんとなくしっくりこない。彼女はミニスカートをはいて、ハンカチを膝に置いている。

ほんとうは初子がくるはずだったが、加奈によると夕べ発熱したらしく翌日の授業を休むと連絡があったそうだ。加奈と初子の住まいには電話が引いてあるのだろう。いつも互いに何事かを報告し合っているふうだ。

加奈は初子が臥せってこられないので、知らせにきたと弁解めいた早い口吻で告げた。

「風邪かな?」

「そうみたい」

「じゃ、掛けてよ」

耕輔が手を差し伸べて加奈を坐らせた。加奈はうんと頷き、スカートに手を当てて腰をおろした。それはことさらミニをはいていることを耕輔に意識させる仕草だ。

「もうじき三年生だね」

「そうね。北野君は卒業したらどうするの?」

加奈が耕輔の顔を覗き込むように訊いてくる。

「まだ考えている最中だけど、院に進もうと思っている」

「大学院へ？」

「そう。オランダに留学してみたいし。蕪木さんもそんなこと言ってたな」

「蕪木さんは、オランダ狂だものね」

「彼、ほんとうは医者になりたかったらしい。でも平安大学の医学部受験に失敗して外大のネシア語科にやってきた。シーボルト研究のためだ。ぼくも物書き志望だけど、漠然としているぼくよりももっとしっかりした目標を抱いている。貴重な人材だよ」

加奈が耳を澄ませているのを途中から察知した耕輔は故意に声をひそめた。加奈が内緒ごとを訊くかのように、

「北野君はどういうものを書くの？」

「ぼくはまだ詰め込み読書中だ」

続けて近代日本文学を、古い順にしたがって読んでいると語った。

「いま、やっと、中島敦まできたところ」

「……なか、じま、あつし？　だれ、そのひと」

耕輔は肩を落とした。

「『山月記』の作者だよ。読んでないの。虎に変身してしまう、あの名作を？」

「ごめんなさい」

「あきれるなぁ。高校の現代文の教科書に出てこなかったんだ」

耕輔はおおげさにがっかりした素振りをした。

「園田さんもそうだけど、広芝さんも本とは縁のない生活ぶりだね。蕪木さんのアパートは本の山だったでしょ。分野に偏《かたよ》りがあるにしても」

「ええ」

「北野君の読書量には敵《かな》わないけれど、わたし、北野君のそばにいるとほっとするの」

「……園田さんもそう言っていたけどな」

「初子ちゃんが?」

「うん。はっきりとね」

「嘘よ。初子ちゃんに限ってそんなことはない」

「ぼくの聴き間違いかもしれないから、いいんだよ。ごめん。ごめん」

「北野君、女のわたしから告白させるつもり? なんでミニはいてきたかわかるでしょう?」

耕輔はとんだ迷路に迷い込んだ気がした。心の底を痛みがつらぬいた。初子のことを持ち出さなければよかった。

その初子には一昨日、生協の文具売り場で、おそらくボールペンを選んでいるらしいその脇で声をかけた。一度目、二度目となぜか振り向かず、三度目でやっと面倒くさそうにこちらに半身をみせた。呼んでほしくない素振りに映った。

――また、あの羽子板市に行こうね。まだ先のことだけど。

――……何のことかしら?

――えっ、忘れてしまったの?

――あのう。わたし、この頃、とっても忙しいの。

――浅草の羽子板市だよ。一緒に出掛けた、あれだよ。

――ああ、あれ。もう過ぎたことだわ。わたし、ずっと遠くに行くから……。

すげない態度だ。いったい何が起きたのだろう? じゃ、と言って初子はボールペンを二、三本握るとレジへ向かった。耕輔は呆然とその後ろ姿を見送った。

「広芝さん、そこまでにしよう。もう何も言わなくてもいいから。ぼくが悪かった。謝るよ。金輪際、この件についてはお互い触れないことにしたい。いいよね」

「それじゃ、わたしの気持ちが収まらない」

べそをかいてる。

「広芝さんには蕪木さんがいる。あのひと、きちんとしたひとだよ」

「蕪木さんとは先輩、後輩の間柄にすぎない。北野君とは違う」

「じゃ、ぼくはどうすりゃいいんだ」

加奈は鼻水を啜りあげながら、わたしを北野君のものにして、とやっと言ってのけた。

「それって、くれるってこと？」

「そう」

加奈のからだが一瞬、うごめいた。

「だけどさ、友達気分の感情しか抱けない広芝さんを？」

「なら、初子ちゃんならＯＫなの？」

「ま、園田さんしだいだけどね」

「……初子ちゃんに伝えてあげていい？」

加奈が食い下がった。

「いや、そこまでしてくれなくともいい。ぼくと園田さんとの問題だから」

「そう。初子ちゃん、仕合わせね。一線を越えてあげてね」

「その園田さんの件なのだけど、このごろ妙に色っぽくみえない？」

「それって、妖艶ということ？」

「妖艶とまではいかないけど、艶っぽいってとこかな……広芝さん、大事なものは大切なひとのためにとって置かなくてはダメだ。おそらく園田さん、いい男《ひと》ができたんだよ」たしなめる口吻だ。初子のことはもうどうでもいい。

「わかってる。だから、わたしはこうして北野君の傍にいるの」

堂々巡りだ。

「北野君、わたしをはじめての女として受け容れて。一回でいいの」

「……一回？」

「そう。これから北野君の下宿に連れて行って」

「……」

「初子ちゃんとの予行演習とみなせばいいのよ」

「困ったなぁ。園田さんはもうぼくにたいしてつれないんだ」

「戸惑うことはないはず。女のわたしに恥をかかせるつもり。これほどまでに身を投げ打っているのに」

大胆不敵、というより露悪的な告白だ。とたんに加奈の下半身から雌《めす》の臭気が立ち昇ってきた。膝に手を置いて何かをこらえるように加奈は固まってしまっている。

応じてみようか。据え膳食わぬは男の恥、とも言われている。それに初子のときにうまくリード出来る。

「わかった。ぼくの下宿へ行こう」

「ありがとう」

二人はベンチを立って裏門に向かった。

途中で、加奈が、

「こんなこと訊いていいかどうかわかんないけど、北野君、初子ちゃんを知ったの？」

「いいや、それは断じてない。このまえ、ぼくの下宿へ寄ってみないかと誘ったんだけど、体よく断られた。ミニスカートで色っぽかったな」

そう応えた耕輔だが、そう言えばそういう日もあったな、と改めて思い募った。

「ああ、あの日ね。あのとき初子ちゃんは、わたしを置いてきぼりにしてさっさと帰ってしまった。なぜだろうと考えてみたけど、勘繰っても無駄だと思った。もう、ひとりがひとりで行動する年になっているんだもん。その証拠に、きょう、わたしひとりで北野君と並んでお喋りしている。女の子って、すぐグループやコンビを作ってしまうの。なかなかひとりでは動けない」

「そうだな、阿部さんたちもいつも三人だものね」

「ええ。ずっと前、英語の先生が本質を突いたようなことを言ってたじゃない。『屯《たむろ》って歩くのは、そのひとたちに志がないからだ』って。キュッと胸が締めつけられたわ。初子ちゃんもあの言葉がこたえたのよ」

言い終えて加奈は受け売りでも、多少とも自分が成長したと思った。その気組みが加奈の背中を押して耕輔の胸に飛び込ませるバネともなった。

耕輔とかかわった日以来、加奈は面立ちが変わった。

耕輔の部屋にとうとつに顔をみせては、コンドーム一箱を差し出したときもある。そして、それが「今童夢」という当て字で売られていたことを面白可笑しく喋った。八重歯が光った。

「一回って言っただろう。なに、焦っているんだ」

と言っても、加奈はすでに衣服を脱ぎ始めて座布団を並べている。〈耕輔〉も硬くなっている。こうしたことが何度かあったが、肉欲を満たすに耕輔はとどめていた。

加奈は耕輔の腕のなかで何度か問うてきた。

「北野君以外の男性に関心がないの。一生、あなたの傍においてほしい」

「それって、結婚するっていうこと？」

「そう。わたしが外大受験を決意したのも、そこで人生のパートナーとなるひとをみつけるためだったからなの」

訴えにどこかしら重みがある。

「女の子の大半が生涯のパートナーを探しに外大にくるのよ。知らなかった?」

「はじめて聞いたよ」

「北野君だって結婚するんでしょ」

耕輔の目を一直線に見上げている。

「それは、ま、おそらく、ね」

「なら、相手をわたしにして。北野君の子を生みたい」

飛躍しすぎだ。

「そんなことまでまだ考えたことはないよ。それにぼくは大学院に進むつもりで、とうぶん院生の身分だから、生活してゆけない」

「わたしが助けてあげる。北野君も奨学金をもらって、二人でちいさくても仕合せな家庭を作るの」

「……夢だよ、そんなの」

「そうかしら?」

「人生、そんなに薔薇色じゃないよ」

加奈は嘆息すると、もう一回して、とせがんできた。いつもこうだ。

「もう北野君のコンドームの先っぽにたまったあれが、わたしの好きなほうじ茶色にみえるの。いまわたしはあなたをはっきりと愛している。あなたはどうなの？　わたしの気持ちを受け容れてくれる？」

そのたびごとに耕輔はもう少し考えさせてくれ、と応えを保留した。

だが性交がこうもたびたびだと耕輔もだんだんうまくなっていって、加奈を余計に歓ばせた。一度に二回も苦ではなかった。

しかし加奈とのことで一番に得た教訓は、男というものは好きでもない女と性交におよべる、ということだ。女がどうだか知りはしない。売春という行為がある以上、好悪の感情を消して相手を出来るのだろうが、決して好きでやっているわけではないはずだ。

加奈は耕輔という男を介して「白昼夢」に溺れている。加奈が選ぶべき異性は他の場所にいる。このことを耕輔が加奈に諄々《じゅんじゅん》と説くと、加奈は目許を赤く腫らした。

「酷いわ。初子ちゃんならいいのね」

「……」

「……わたしがそばにいるわ」

耕輔は回数が募っていくにつれ、愛情のない、性欲だけで抱いているときの甘美さを、吐いてしまおうか、と呻吟した。その苦渋を加奈が感知したのだろうか、わたしってからだだけの女なの？　とある日血相変えてまくしたてた。

「いや」とは応えたが、そうだと胸の底ではつぶやいていた。オレには初子がいい、とも。

「信じられないわ。……初子ちゃんを抱けばいいのよ」

胴間声を上げると、ここに坐ってと耕輔に命じた。何事かと加奈のとつぜんの立腹に驚きながらも、加奈のまえに胡坐をかいた。季節は初冬で、耕輔は灯油ストーブをつけて部屋全体を温めていた。二人とも裸だ。加奈は正座している。恥毛が浮き立っている。

「わたし、連れて行ってほしいところがあるの」

「……どこに？」

「三年前のこの時期に初子ちゃんと一緒に出掛けた浅草の羽子板市」

「ああ。懐かしなぁ」

「わたしもみてみたい」

右側のストーブの小窓から青い炎が立ち並んでいるのがうかがえる。ブルーフレイムという対流型のストーブだ。

「ね、お願い」

これを訴えるために威勢の良い声を発したのか。

「いや、もうその気はない。昔の思い出に取って置く」

実は一週間前に折よく初子をつかまえて、羽子板市へと誘ったが、わたし遠い所へいくの、ごめんね、と謎めいた返答を受けていた。

とつぜん加奈が耕輔のまえで仁王立ちになった。そしてアッカンベーと舌を出して服を着始め、

「もう、二度とここにはこないわ」

言い棄てて出て行った。


外大に入学してから早いもので四年目の春を迎えた。三年次に進むまえに、「政治・経済・社会コース」と「歴史・文学・文化コース」の、どちらかのコースにどの語科も分かれる仕組みになっている。耕輔は後者を選択した。蕪木が同じコースを選択して三月に卒業していった。希望通り大手商社の四井物産から内定を得たという。シーボルトの研究で卒論を執筆したらしい。世界を相手とする商事会社に魅力を感じたのだろう。もとよりシーボルトもそうしたひとだった。

耕輔は初心貫徹で「鎖国」とオランダの関わりを論及してみることに決めていた。思う

に、新教国であるオランダだが、思想や哲学の面で大業をなしている碩学も長年滞留して学問研究に打ち込めた風土が存在する。それは一言で表せば「禁欲・勤勉・自由」を指すだろう。そして自国の利益になると踏んだ場合には、いかなる恥辱にも耐え、商いに徹するプロテスタント魂を身に着けている。耕輔はそこら辺のオランダ人の「心性」を探ってみた。ある一点を抑えて置かなくては自分のオランダ観が明確化され得まい。

外大は全員に卒論執筆を課してはいない。書きたくない学生は余計に単位を取得すればよいだけだ。耕輔は一応、初子と加奈に問うてみた。二人とも書く意志はないと迷惑そうに言い返した。せっかく未知の、それもアジアの国について学んだのにと内心思ったが、表立って異論を唱えるほどのことでもなかった。

山名晴美は、外務省に決まった。専門職員として働くそうだ。外大出身者がたくさん入省するので気が置けない職場となる。ノンキャリアだが、キャリアは生理的に受けつけないらしい。弁解には聞こえなかった。

初子と加奈はどうするのだろう？　就職活動を開始していて、もう三年生までのときのように落ち合うこともなくなっていた。耕輔は相変わらず初子の行動に目を光らせていたが、初子のほうはそれどころではないようだ。加奈と二人組も解消されたようで、忙しげに前庭をひとりで横切っていく初子の姿を何度もみかけた。管理棟の一画を占める「就職相談室」に日参しているのだろう。初子はとうとう在京での就活を諦めて、国許の上田にある製薬会社から内定を得た。親のコネを用いたとの噂だ。おそらく一流企業ばかりにチャレンジして、首尾よくいかなかったに違いない。

耕輔と初子がいつの間にか疎遠になったように、加奈と初子ももう連れ添って歩くこともなくなっている。

耕輔の初子に寄せる想いは適度に薄らいでいる。これまで耕輔から一方的に誘っていたが、初子からは一度もなかった。加奈のことが初子のなかでわだかまりとなっているのか。

それから一年経った。修士課程に進んだ耕輔は、一年間のオランダ留学を経験し、帰国後は翌年提出の修士論文の準備にかかり、博士課程は（当時、関東外大に博士課程がなかったので）東都大学大学院のゲルマン系語学・文化研究科に進学のつもりでいる。

初子や加奈からの手紙もなく、あえて耕輔からも送らなかった。外大時代の良き思い出として割り切ることが出来る年齢に達していた。

研究に専心可能な環境に身を置けることがなによりの仕合わせだ。下宿は変わっていない。晩春のある日、その日は例年になく二月末の気候でストーブに火を入れていた。昔日、このような日にも加奈と交合《まぐあ》ったものだ。そこへ一通の書信《エアメイル》が届いた。宛名はローマ字で耕輔宛だ。斜め下を見ると川名部加奈とある。住所はベトナムのハノイ。

友人に川名部姓を名乗る者はいないし、ベトナムにも友人はいない。むろん女性も。

とりあえず開封した。薄い便箋を引っ張り上げた。

北野耕輔　さま

とつぜんのお便りお許しください。わたし、旧姓・広芝加奈です。

年末にご縁があって、同じ会社（関東陶器）の川名部満さんと結婚しました。

新婚後すぐにベトナム支店への転勤を命ぜられて急遽日本を離れることになりました。

あなたから遠いところへきてしまったわけです。

結婚については田舎者らしくやはり両親からの強い要望がありました。早くに身を固めて孫を抱かしてほしい、というどこの親御さんも持つ単純な理由です。時を同じくしてわたしもそろそろと想いを巡らしていたところでした。そのとき川名部さんからプロポーズされたのです。間合いがよかったと言えば嘘になるでしょう。ひとり寝がさみしくなってきた頃でした。声をかけてくれたのが北野君だったら、文字通り飛びついたことでしょう。

あなたとの触れ合いで、わたしはあなたを逆に諦められたからです。矛盾しているかもしれませんが、事実そうなのです。

けれども、いざ、川名部と結婚することになって、胸の底から突き上げてくる思慕はみなあなたと過ごしたあの六畳間でのことでした。あなたのまえに立ちはだかって部屋をあとにしたわたしは、もうあなたと逢うまいと心に誓いました。でも空しくてその空虚感を補うためになぜか折り紙の本を買ってきて、いろいろな家具や動物を折り始めたしだいです。癒されました。

ここまで読んで二枚目の便箋に移るとき、はらりと平たくつぶれた鶴の折り紙が耕輔の膝に零れ落ちた。掌に乗せてみた。紫色の折り紙で上手に折られている。二枚目に目を通すと、折り鶴を分解してほしいと記してあった。手紙を横に置いて耕輔は紙を破らないように解いていった。最後にちっぽけな青い紙が現われた。手紙にはそれを読んでほしいと書いてある。

そこに、「好きという文字を折り鶴に包んで」とあった。二枚目の手紙には、ベトナムでの生活が淡々と綴られていた。

腕を組んだ。

みえてくるのは恥毛の豊かな裸体の加奈だ。

外大時代の情景が色鮮やかに蘇ってくる。それと同時に一途《いちず》な加奈の想いが鋭利な刃物となって胸をえぐった。

第Ⅱ部　染井霊園

1　音

山手線巣鴨駅を降りて白山通りに出る。左手に行けば、おばあちゃんたちの原宿と呼ばれている、「とげぬき地蔵尊」を祭った正式名高岩寺に至る地蔵通りがある。お年寄りたちでにぎわい、若者の集まる原宿に例えた呼称がつけられたわけもわかる。

近藤久哉《ひさや》も地蔵通りを歩いたことがあったけれど、早朝だったのでひと込みにはお目にかかったことがない。

高校時代の友人、谷口速人《はやと》の下宿先が地蔵通りの入口にあり、一泊した次の日の朝のことだ。早い目に目を覚ました久哉は所在なく、友人を起こさぬようにそっと外に出た。人気《ひとけ》のない通りはまだ眠りについている。森閑という言葉が妙にあてはまる。いまだ温もりを帯びていない朝風が久哉の頬をさすっていく。水を掬うように両手を合わせて大気を集め口許へ持って行く。甘い味がする。朝陽が通りの上を兎のように跳ねていて、アスファルトからの反射が鮮やかだ。久哉は目をこすりながらゆっくりと歩を進めた。

各店舗はシャッターを下ろしており、空いているのは新聞販売店と牛乳屋くらいだ。一本二デシリットル瓶の牛乳を買ってひと息に咽喉をうるおした。当時、牛乳はいまのように厚紙のパックで売られておらず、瓶での販売が基本だった。個人向けのもあれば、膨れ上がった狸の腹のような瓶もあった。ヨーグルトも小瓶だった。

札幌から大学進学のため上京して来た久哉は、銭湯から上がったあと必ず飲んでいた「カツゲン」、「ガラナ」といった清涼飲料水が東京にないことに気づいた。このことは昨晩世話になった速人と文化の差異といったいかにも高尚な話題のなかで思い出のように語り合った。二人は、そういえば、といった調子で、互いに確認を得ようとした。

「『カツゲン』って、『活力の源』からきていると思う」

「なるほど、そうだな。多少とも甘みの利いた、山吹色の飲料で、瓶も牛乳瓶の半分くらいだった」

「『ガラナ』はコカ・コーラのような味だった。みなコーラよりガラナを好んでいた気がする。オレもガラナ派だった。ペプシ・コーラが出てきて三つ巴になったが、ペプシは薬臭くて人気はいまいち上がらなかった」

久哉の一浪が決まったその三月、速人は東京の国立大学である東都大学に受かった。

家計の事情で久哉は首都圏の大学でも国公立に絞らなくてはならない。学力の面では最難関と言われる東都大学ははじめから無理だろうと決めてかかっていた。さらに当時、東都大学の入試には一次試験と二次試験があって、マークシート方式の一次でもし落とされればもうそれまでだ。科目も外国語（英語他）・国語・数学・理科・社会の五科目。理科は、生物、物理、化学、地学から二科目選択。社会科も、世界史、日本史、政治経済倫理社会、地理から二科目だ。平成の受験生とは打って変わって昭和のある時期までの受験生の負担は大きかったが、それが当たり前と思っていたので苦痛ではなかった。むしろほぼ全教科の受験勉強で知識の蓄えが可能となった。詰め込みだ、という批判も一方にはあったが、他方、成人して社会に出た際、受験勉強で培った知識が役に立つことも多かった。

久哉は数学が嫌いなわけではなかったが、成績は伸び悩んだ。英語と国語、それに社会科（世界史・日本史）が得意だったので、受験大学を絞る時期が近づいてくると、一期校の東都は無論避けて関東外国語大学に狙いを定めた。校名に「外国語」と記されているように、だいたい一五語科の専攻語学科が設置されている。試験も東都大学どうよう、一次試験と二次試験の二段構えだ。だが東都大学とは違って、一次は英語一科目のマークシート試験だ。

二期校の試験は一期校の合否の発表が終わった三月二〇日過ぎで、一次試験発表が三月下旬。二次試験が月末で発表は四月上旬だ。一期校に受かった受験生が歓びいさんで下宿先を探しているときに、こちらは必死で試験を受け、発表まで動けず仕舞いだ。

速人は高校時代から受験一筋にみずからを追い込んですごした男だ。友人は少なかったはずだが、校風が明るく展《ひら》けていたから、みなどの生徒とも分け隔てなくつき合った。少人数のグループは出来にくかった。

久哉は自分では無理だと思われる集中力で受験勉強に励む速人に積極的に近づいた。とっつきにくい男だと思っていたが、昼休み教室に居残っている速人に話しかけると、勉強の手を休めて耳を傾けてくれた。どうやら話し相手がほしかったようだ。久哉は音楽の話題を持ち出した。ガリ勉の速人であればこそ、音楽、特にクラッシックに関心があるだろうと踏んだのだ。図星で、速人は蘊蓄《うんちく》を垂れた。

昨晩もクラシックの話で持ち切りだった。

「やっぱり、二〇世紀最大の指揮者はフルトベングラーだよ」

高校時代から速人は一貫してフルトベングラーの崇拝者だ。ある日の昼休み、突然クラシック音楽が教室備えつけのスピーカーから流れた。指揮はフルトベングラーだと即座に速人が反応した。ベートーベンの運命交響曲だ。なぜわかる？　と尋ねると、曲の重厚さだとすぐさま応えが返ってきた。なるほどゆったりと雄渾な指揮さばきであることが久哉にもわかった。ドナウ川の流れみたいだろうと想うよ、と速人がさもみてきたかのように、笑みを満面に湛えている。この調子でいくと演奏終了まで三十分以上はかかるだろう。久哉が予想を速人に伝えると、小鼻に皺を寄せて頷いた。そして最も短いのがトスカニーニ指揮の運命で、その中間がワルターだとつけ足した。言うまでもなく、この三名は二〇世紀前半を代表する巨匠たちだ。

トスカニーニ指揮の曲はほんとうにテンポよく進んでいく。彼がタクトを振ったベートーベンのピアノ協奏曲「皇帝」はリズミカルな運びだったが、中間部がきわめて表情豊かで、その色彩の濃さが強く記憶に刻まれている。速いには速いが、それだけ歌わせる箇所に差し掛かるとやおら抒情的な展開に一変する。そして透明感が浮かび上がってくる。さすがオペラのお国柄であるイタリア人の指揮者だ。速人の前でトスカニーニ讃美を持ち出したことはなかったが、ワルターについては若干の評価を下したことがある。彼の聴いたワルターはドボルザークの新世界交響曲だ。昨夜もそれに触れた。

速人が新世界はカレル・アンチェル指揮のチェコ・フィルハーモニー管弦楽団に限ると半ば断定気味に発言したのを受けて、

「カレル・アンチェルとチェコ・フィルの組み合わせも良いだろうが、ワルターとコロンビア交響楽団の新世界も聴き応えがあるよ」

「なぜ?」

「ワルターが振ると温厚で穏健な仕上がりになって、法悦感に包まれるからだ。俗っぽい言い方をすれば、満たされた気分になる。これほどありがたことはない」

「それはそうかもしれないな。わかるよ、その心持」

速人が珍しく相槌を打った。フルトベングラー・ファンの速人は、いつもフルトベングラーの好敵手とみられる、トスカニーニにその才能を見出された、ゲオルグ・ショルティの指揮する楽曲を推す久哉には頷かないのだが、ワルターには一目置いているようだ。

久哉が高校生のとき、ある月刊の学年誌で二〇世紀後半の指揮者の番付表が掲載されたことがある。覚えているのは、東の横綱がヘルベルト・フォン・カラヤンで西がカール・ベーム。その下の大関が東にゲオルグ・ショルティ、西はレナード・バーンスタインとなっていた。ショルティ・ファンの久哉は単純にうれしかった。カラヤンとベームが横綱の位置に置かれているのには納得がいった。三巨星亡きあとのクラシック界を牽引していく指揮者としてはこの二人をおいて他に考えられない。カラヤンの演奏を生で聴く機会はなかったが、テレビやレコードから流れてくるその演奏は「華麗」の二文字に尽きた。すべての楽器が良い意味で自己を主張して鳴り響く。カラヤンの指揮は楽員全員の力量を引き出す技量に秀でている。

ベームは実演を聴く機会に恵まれた。大学生となった速人と一浪目の久哉が聴きに出かけた。演目のメインはブラームスの交響曲第四番だ。演奏終了後、速人はいざ知らず久哉は鳥肌が立った。座席に深く身を任せて、ステージで腰を曲げて礼をするベームをぼんやりとみつめた。頬がほてってきている。

拍手は止むことなく続き、ついにベームはコートを肩にかけて再々登場して、もう帰らなくてはならないとアピールしたが、ステージ近くに坐っていた聴衆がそのベームに駆け寄ってコートを剥ぎ取ろうとする一幕もあった。その夜の演奏はそれほどの感興にあふれ、心の琴線をおおいに揺さぶるものだった。

「あのときはすごかったな」

久哉が感慨深げにつぶやいた。

「そうだった」

応える速人も同じ思いだ。

「近藤はベームを褒めるのに、正反対と思えるショルティを評価するとは合点がいかないけどな」

「それはさ、ショルティの音づくりのうまさ、楽譜通りに演奏する、即物的といってもよいほどの忠実さを買っているからだ。ベームはもとより、谷口が評価するフルトベングラー指揮の曲には精神性や文学性がみなぎって深みがある、と言うひともいるが、音楽はしょせん音の世界だ。そうした文学的な装飾は要らないというのがぼくの考えだ」

久哉が一気に語り終えた。

「なるほど。色に例えると、ショルティの振る曲は、象徴的には石膏色?」

「たぶん当たっているよ。そしてフルトベングラー・ファンもショルティ・ファンも、もう高い水準に達しているんだから、あとは好みの問題だと思う」

「……玉虫色の結論だな」

速人が手で顎を撫でまわした。

「そう皮肉を言うな。ショルティの演奏は、シンボルとしては灰色だが、対立部や細部も浮き立たせる点ではカラヤンに引けを取らない」


そのときふと、谷口君、今度、君の下宿に行ってもいいかい? と昼休みに尋ねた高校時代の自分を久哉は思い出した。

速人は寝耳に水といった感じで鉛筆も握ったまま顔を上げた。そして不可思議な目つきをし、首を左に曲げて、

「下宿は散らかっているから」

嫌がっている返答をした。

速人はその当時すでに景気が右肩下がりになっていた石炭の町から、札幌の高校に進学してきていた。久哉の通う、道立曙高校は進学校として全道に名を馳せていた。札幌以外の地方枠入学者数が五〇人と定められていて、速人はその関門を通り抜けてきたひとりだ。郷里が生んだ秀才の誉れ高い中学生たちも曙高校には集まってくる。

「田舎はどこだっけ？」

故意に素っ気なく訊いた。

「美唄《びばい》」

「美唄？　赤平《あかびら》まで行かないとこだね。赤平には一回行ったことがある」

すると速人はぎょろりと目を向けて、

「赤平は根室本線沿線。美唄は函館本線だよ。終点は旭川さ」

美唄の優位を披歴するようだ。

やはり矜持があるのだろう。その時代の根室本線と言えば、滝川から東に入り芦別、富良野を通って狩勝峠《かりかちとうげ》を越え、帯広、釧路、そして根室へといたる路線だ。車窓から望む狩勝峠の絶景には息を呑んだものだ。ときに車掌による観光アナウンスが流れた。久哉は釧路に親戚がいて函館・根室両本選を何度も利用していた。

札幌市以外の土地からやってきた仲間はみな頑張り屋だ。札幌市内の中学校出身者がいちばんの体たらくだ。

久哉といえばどっちつかず派だ。速人の机のまえに肘ついて坐っては彼の勉強に口を出したり、久哉の得意とする英語の問題を解いているときなどにはチャチャを入れたりした。得意科目といっても校内学力試験では速人には到底およばない素点しか取れなかったのだけれども。

速人の部屋は布団が引きっぱなしになっていて、すぐにかたづけるから、と言ってすばやく久哉の坐る場を作ってくれた。

「こんなところに住んでいたんだ」

「ほんとはもう少し学校に近い場所がよかったんだけれど、友達のたまり場になるのが嫌だったから」

たまり場——これはあり得ないと久哉は思った。速人はクラスでもたったひとりで勉学に励んでいて、これといった話し相手はいないからだ。みずから孤高を保ってクラスメイトの接近を拒否している。

静まり返った、まるで大鍋の底に端座している雰囲気のなかで久哉と速人は座卓を挟んだ。そしていつしか将来を語り合っていた。西向きの窓から茜《あかね》色の陽光が座卓のデコラの天板を色めき立たせている。速人は東都大学を卒《で》て公務員になりたいと打ち明けた。ならば上級公務員［国家公務員総合職員］、官僚志望に違いない。久哉は官庁勤務には関心がなく、未来像は茫漠としていて、とにかく関東外大に合格することを第一の目標としている。

現役のとき受けた関東外大のスペイン語科に久哉は見事に振られてしまい、東京で浪人生活を送るハメになった。お茶の水にある駿春予備校に通うことになったが、速人との交流は途絶えなかった。

久哉には速人が、高校時代の艱難辛苦を乗り切って、これから学生生活を謳歌するのだろうと映った。まぶしいな。みずからの不心得を悔いた。

その速人の下宿近くにとげぬき地蔵（高岩寺）があることを知った。それからもうひとつ、通称関東外大の名で親しまれているその学舎の位置が、巣鴨駅から速人の下宿のほうではなく、やや右手方向に進むと往きつくということを速人が教えてくれた。入学試験時、久哉は大塚駅で下車して、都電荒川線を利用して外大まで向かった。速人の話は不意をつくものだ。なぜか陽光に照らされて未来が拓けてくる気が萌した。

晩春のある日、久哉は巣鴨駅から、試しに関東外大に向かってみることにした。

巣鴨駅は豊島区だが、関東外大は北区にある。白山通りから右手の道に沿ってしばらく行くと、豊島区中央卸売市場の大きくて円形の建物に行き着く。そこの右側の小道に入るや否や墓地が目に飛び込んでくる。地図には「染井霊園」と記されている。

久哉は霊園の入り口の案内板を一瞥するとなかに足を踏み入れた。ひっそり閑としていてオゾンを秘めた大気が鼻孔を彩る。都会のなかのオアシス、散歩道だ。

そのとき雲が割けて一条の光が舞い降りてきて墓石に息吹を与えた。死者の世界が生の世界に焙り出されてくる。歴史の刻まれた墓石が整然と並んでいて、ときに誰々の墓と矢印が立っている。インテリを気取っていた久哉は、二葉亭四迷や高村光雲・光太郎親子の墓をみつけたときには胸が高鳴った。岡倉天心、それに陸羯南《くがかつなん》の墓もある。二葉亭の墓のまえにたたずんだ久哉は期せずして掌を合わせた。この明治初期の翻訳家・小説家の存在の貴重なことは、仲村充夫などの評論で重々承知している。『流雲』は読んでいる。

豊島区のはずれ、北区と接する場に由緒正しい霊園があること――それがこれから出向く関東外大の印象にプラスとなった。霊園のなかを経めぐりながら、なぜこの死者の苑の主たちがこうも生き生きと肌を刺してくるのか。

樹木から林檎の匂いにも似た甘酸っぱい香りが漂っている。

抜け出るとアスファルトの道路に出た。ブロックの壁がみえて、それに沿って歩いていくと、大きな穴に見立ててもよいと思われるほどの正門が口をあけている。入ると前庭があり、周りにベンチが置かれている。庭のなかにも小道が延びていてそこにもベンチが設けられている。その前庭の向こう側が学舎だ。

土曜日なので学生の姿はほとんどなく、それをいいことに学舎のなかを覗いてみた。壁に張り紙がたくさんしてある。休講の連絡だ。土曜日に出講するのが嫌な教員もいるのだろう。たぶん学生たちはこの連絡板を登校したらいちばんはじめにみてから各教室に散ってゆくのに違いない。

二浪、三浪を親が許すはずがなく、来年、きちんと決めなくてはならない。その際、何語科を受験するかだ。各語科の偏差値を調べて、何語科かを定めて願書を出すつもりだ。

外大は偏差値の面からすると、決して東都大学の文学部系とは引けをとらない。とりわけ英米語科やフランス語科などは最難関と言える。久哉はそうした、危険な語科を受験する気はない。スペイン語ももちろん避けるつもりだ。

自分で決めた条件がひとつあった。それは東都大学では修められない語科を受けること。英米語やフランス語など、東都大学で立派に学科として成立していて、たくさんの著名人を輩出している。関東外大出身者が勝てるわけがない。久哉はアジアよりヨーロッパの言語にこだわった。浪人中に決めておく必要がある。

英語以外はすべて未知の言葉だ。何かのきっかけがいる。腕を組んでも、考えながら散歩をしてもそうやすやすとは思い浮かばない。

そんなときだ。池袋の芳森堂の言語学関係の書棚で、知野英一著『言語学の開かれた窓』（五省堂）をみつけたのは。本のほうから久哉の目に飛び込んできた。ぱらぱらとめくってから著者略歴をみた。関東外大のチェコ語科の教授とある。

チェコ語科か、と胸に響くものを感じた。

そしてすぐにチェコ地域をボヘミア盆地と呼び、そこ出身の二大作曲家の名前が浮かんだ――スメタナ（一八二四～八四年）とドボルザーク（一八四一～一九〇四年）だ。久哉はいずれの作曲家も好きだ。それにチェコ・フィルの存在もある。民俗、あるいは民族的な楽曲を多く世に問うてきたチェコの生んだ二大作曲家、それと二人の楽曲の演奏を得手とし、独特な色彩を添える、世界屈指の交響楽団。久哉にはもってこいの語科だ。その本を購入した。

チェコ語科に願書を送付するのにためらいはなかった。プラハに行って本場のチェコ・フィルの演奏を聴きたいという大義名分がある。

知野教授の本も読み終わっていて、このようなひとの許で学習する歓びがわいてき始めた。

チェコ語科か、と胸に響いてくる。

英米語科、仏語科、西語科も魅力がある。伊語科もだ。しかし、スラヴ系の音楽が気に入っている久哉にとって、もし迷うとすれば、候補としてポーランド語科が挙がってくるだろう。ピアノの詩人ショパンを生んだ国だ。でも、管弦楽曲では、スメタナやドボルザークにかなわない。ロシア語科もむろん候補に挙がったが、偏差値が高かった。独語科も念頭にあったが、この言語にはヒットラの演説の映像が重ね合わさっていて、乗り気がしない。

偏差値が高くもなく低くもない中間に位置するチェコ語科が久哉にはふさわしい。もう浪人は出来ないという思いが胸に垂れこめている。

そして一期校の試験と合格発表が終わって、三月後半の、英語だけの一次試験を受験し、無事突破した。二次試験の数学では、ベクトルの問題を完璧に解いた。そのとき合格は間違いないと確信した。そして合格発表の日、東都大学に合格していた同じ下宿の小久保雄二につき合ってもらった。

掲示板に自分の受験番号をみつけたとき、雄二に抱きついた。

久哉は晴れて関東外国語大学生になった。

「ほっとしたよ」

「やったね。これでお互い、大学生だ」

「ああ。胸を撫で下ろす、というのはこういうことなんだな」

「オレも他人事だけど、どきどきして、直視できなかったよ。隣の英米語科では、胴上げをやっていたしな」

「……。英米語科の難易度は東都大学の文Ⅳ並み。それでここ一本に賭けて受験する者がいるから、その気持ち、よくわかるよ」

「なるほど。それでおまえは、東都大学にない語科を選んだわけか」

「当たらずとも遠からずかな。でも、胸の裡はボヘミアの音楽に憧れていたんだ」

「東欧の古都プラハの美しさにも惹かれていたというわけか」

「もちろんさ。その点、かつて首都が置かれた時期を持つイタリアのフィレンツェにも行ってみたい」

「ルネサンスの文化だね」

「そのとおりだ」

「なら、イタリア語科に挑んでみたらよかったじゃないか。東都大学にはイタリア語の講座、なかったはずだけど」

「まあな。考えなかったと言えば嘘になる。でも、オペラのお国柄はどうもね。やはり管弦楽曲がいい」

「合格したのだから好きなこと言っていればいいさ。もう受験から解放されたのだから。プラハに留学する際にはオレも行きたいから、連絡くれよ」

「わかった」

下宿にイタリア好きがいて、世界最古の大学に数えられるボローニャ大学のあるボローニャについて、アペニン山脈を越えたところに位置するフィレンツェと比較して、前者をいぶし銀の街だと褒め称えた。久哉はプラハもそうした古都だと想っている。まだこの耳で聴いたことはないが、チェコ・フィルの演奏がそれを連想させるのだ。

カレル・アンチェルはソビエトの侵攻でカナダに亡命してしまったが、彼のマーラーの巨人交響曲の演奏がアンチェル独自の渋さを巧みに表現していた。普通、この名曲は後期ロマン主義の作品と称される。久哉の好むゲオルグ・ショルティの指揮からは、この作品を現代音楽の始まりとみなす解釈がありありと伝わってくる。

これにたいしてアンチェル指揮のチェコ・フィルの場合は、いずれにも属さず、祖国の運命を楽曲に織り込んだ演奏で、指揮者の祖国への愛惜をものの見事に表現している。ボヘミアの作曲家や指揮者たちはじつに郷土愛が強い。郷愁とも旅愁とも言える感力はボヘミアの風や川や空気へと久哉をいざなう。

2　埼玉

近藤久哉と小久保雄二はしばらく合格の余韻に浸った。声を立てるわけでもなく、ふかぶかと息を吸い込んで、周囲で胴上げが続いている間も、ただ胸の奥底に沈潜した。

「さて、近藤、これから下宿さがしだな」

その声に我にかえった。

「あっ、そうだ。そうだっけ」

いまいる浪人生専門の下宿は、二浪目が決まった者はべつとして、合格者は四月半ばまでに空けなくてはならない。

「どこが良いだろう」

「外大は北区だから……。埼玉県あたりが都内より安いと思うな」

「京浜東北線か。荒川の橋をわたった向こうということか」

久哉はなるべく都内にしたかったが、値が張ることは読めている。いまの浪人生下宿は朝、夕の賄いつきでひと月二万五千円だ。食事がついたからよかったものの、二食とも外食だったら身が保たなかっただろう。昼は駿春予備校の近くの私大の学食を利用した。三つの大学があったが、駿春生でいっぱいだった。

「一度、川口あたりで降りてみて、不動産屋に当たってみるさ」

「それがいいだろう」

すでに次の住居が決まっている雄二の受け答えの調子は軽快だ。彼は駒場付近の安アパートに決めており、久哉もみにいっていて、だいたいの雰囲気は知っていた。山手線の内側だから、造りは旧くても家賃はそこそこいい値だ。久哉にはその金額ではとても無理だとそのとき思った。荒川を越えて埼玉県に住まうことがいちばんだ。

二人は肩を並べて染井霊園を通って帰路についた。名前は知らぬが花々の香りが湧きたっている。墓の並びの無言の整然さが二人に沈黙を強いる。死後の世界が合格と重なって至福に思われてくる。

東京にはこうした整備の行き届いた霊園がほかにも点在するのだろうが、散歩道としての役割も果たしていて都民に愛されていることだろう。いつのまにか久哉と墓の間を確実によぎっていく生者の透明な膜が出来、しだいに厚みを帯びてくる。

次の日から下宿さがしが始まった。京浜東北線沿いの、埼玉県内の駅で、王子駅に近いところに狙いを定めた。王子駅には都電荒川線が停車し、乗車すると、関東外大の最寄りの停留所である「西ヶ原四丁目」にものの十分もすれば到着する。そこから歩いて五分余で関東外大の正門だ。この電車は大塚駅を通過してゆくので、大塚から乗車して通ってくる学生も多くいる。

久哉は王子から歩いて大学の裏門から構内に入るつもりだ。運動にちょうど良い距離だ。沿線の駅名のなかに「蕨」という読めない漢字の駅がある。漢和辞典で調べると「わらび」と出ていた。さらに国語辞典を紐解くと、植物としての「わらび」の説明のあとに、中仙道の二番目の宿場と記されている（「わらび」の由来は、「わら」に火をつけて燃やしたことからきているとある）。

この名前が気に入った。さっそく蕨で下車して駅前の不動産屋に入った。

「関東外大の学生さんかね」

店主と思しい壮年の男が久哉を舐めまわすようにみた。目がぎょろりとしている。

「一所懸命勉強するんだろうな」

品定めだ。

「はい。専攻の外国語を自在に操ることが出来るまで、刻苦勉励です」

「そうかい。それじゃ、宗ちゃんの二階に空きがあったはずだから連絡してみよう。ちょっと待っててくんな」

店主は振り返り受話器を取り上げてダイヤルを回した。○の位置にもどってくる音が無機的に聞こえる。

「あっ、そうですか。空いている。ではいまから向かってもらいます。よろしくお願いします」

受話器を置いて振り向いた店主が、聴いたとおりです、空いているそうなので、これから出向いてください、と言って地図を書き始めた。

「ここが当店です。駅前から延びている本通りを突き当たるところまで行って右折。そのまま進んで歩道橋のある地点を左に曲がる。道が砂利道になっています。その一本目の縦の道を越えると右手に路地があって、その突き当りが目指す佐井寺さんのお宅」

「歩いてどれくらいかかりますか」

「そうさな、お客さんの足なら一五分くらいでしょう」

店主は笑みを浮かべている。客向け用の微笑みだ。

「わかりました。先方には連絡がついているんですね」

「もちろん。今は奥さんしかいない。でも借りる部屋は二階だから、気軽に案内してくれるよ。二階には三部屋あって、そのうちのひとつが空いている。東南向きで最高の部屋のはずだ」

久哉は部屋の向きが気に入った。西陽が入らない。朝陽がさんさんと注いでくる。立地条件に優れている。

「それでひと月の家賃は?」

「ああ。ここは埼玉だから安いもんだよ。たしか宗ちゃんのとこは、四畳半で六千円だったと思うけどね」

「六千円? そんなんでいいんですか」

「ま、宗ちゃんが下宿業で生活しているわけじゃないんで、気にすることはないさ」

「あとの二部屋にはどういうひとが……」

すると店主の顔がとたんに曇ってきて、さも面倒くさそうに、

「それは先方で尋ねてくれ。そこまでは把握してないんでね」

言い切った。久哉はこれまでと観念して席を立って表に出た。本通りにひとの気配はない。東京のベッドタウンと化しているこの街の昼日中はどの街にもみられるようにさびれている。都内ではいつどこでも歩いているとひととすれちがう。郷里の札幌市みたいな街が山手線沿いにいくつも存在しているのだから、その巨大さと人口密度の濃さはおのずと知れよう。

久哉は地図にしたがって歩き出した。舗装道路で歩道もある立派な道を右折して進んだ。やがて歩道橋が目に入ってきた。その手前の道で左折。砂利道に入った。何か異様な臭いがする。あたりをみわたしても異臭の原因は不明だ。砂利を敷き詰めた道が伸びている。地図通り、横に折れる路地がある。

曲がってみた。あっ、と久哉は息を呑んだ。道の両側に泥が積んである。先ほどの悪臭の元は目のまえのドブさらいによるドブの悪臭に違いない。下水設備が行き届いていないのだろうか、道の両側に側溝から汲み上げた汚泥が二列になって、突き当りの、たぶん自分が目指している佐井寺さんの家まで続いている。

鼻をつまんだ。これはたまらない。そう思った瞬間、踵を返していた。べつの不動産屋に当たってみよう。ここまで来る途中に一件みつけていた。いまさっきの不動産屋では、宗ちゃんのところ……と言っていた。おそらく友達同士で同じ不動産仲間かもしれない。あのときの狎《な》れなれしい会話で気がつくべきだった。

久哉はもう一軒の店に立ち寄った。ここでよい物件が見当たらなかったら、べつの駅で降りて探すことに決めた。

店内はモダンな造りだ。家具はアンティーク。これがモダンに映るから不思議だ。店主は丁寧に久哉を迎えると、

「すべて英国産でして」

そう自慢した。感じのよい物言いだ。

「さ、こちらの椅子に」

手で指し勧められたこげ茶色の椅子に腰を下ろした。両肘を二つの腕に置いて店主をみた。

「学生さん？」

高い声だ。

「はい」

「どこの大学です？」

久哉は関東外大の一年生だと応えた。

「そう。関東外大の。それなら勉強しやすいところがいいでしょう」

「ええ。出来れば、自炊できる設備が……」

「それなら、アパートがいいね。物件ありますよ。ここは埼玉だから、同じ間取りでも都内と比べてずっと安いときている」

「なるたけ駅の近くがいいのですが」

「お任せを」

店主は言下に言うと、アパートと表紙に書かれている帳面を持ち出してきて、久哉に示した。久哉は頁を捲《めく》っていった。不思議なことに住所が「川口市」と記されている。

「あのう、ここは、蕨市ではないのですか」

「はい。駅名は蕨でも、それは西口に出た場合で、お客さんの降りた東口は川口市なんです」

「そうだったんですね」

「ええ、ですから、帳面に載っているのはみな」

「川口市、それも、芝とか芝中田とか」

店主が大きく頷く。

「西川口という駅もありましたね」

「はい。川口市は面積が広いんですよ。ですから、駅のそばは芝中田になりますね。といっても、住宅街はちょっと駅から離れているのは仕方ないですがね」

「そうですか。その地域は、下水は完備してますか」

「もちろんです」

久哉はほっとした。

「このアパートなんかいかがです」

店主の指がある物件の上で止まった。

「女子禁制の男子だけのアパートですが、結構、人気がありますよ。関東外大でしたね」

念を押すようにつぶやき、目を細めて、

「それなら、昨年おひとりお世話をしました。ちょっと待っていて下さいね」

店主は店の奥からべつのノートを持ってきた。そして、何っていったっけなあ、あのひと、と独りごち、指を舐めながら頁を繰《く》った。

「あっ、あった。この方です」

帳面を久哉に差し向けた。

「蕪木洋司。インドネシア語科」

久哉は指を指された箇所を読んだ。もちろん知らぬ名だ。

「このひとが関東外大生です。あとは崔球《さいたま》大学とか東都大学生ですわ。どの部屋にも大学生を置く、というのが大家さんの方針なのです。四年で出て行くでしょう。それがいいらしいんですよ」

「なるほどね。そうした経営方法にも一理ありますね。そのアパートにいま、空きがあるんですか?」

ここぞとばかりに、

「ええ。一部屋が」

「駅から何分?」

「そうね、お客さんの足だと一〇分足らずでしょうね」

これはよさそうだ。間借りではなく、戸建てに近い各部屋の玄関が独立しているアパートへの魅力が萌してくる。

「一か月、いくらです?」

「二万円です。都内にくらべりゃ、御の字の家賃ですよ」

「これからみに行けますか」

「ええ、どうぞ」と朗らかな声音で、これがカギです、一階の手前の二つ目の部屋です。その蕪木さんっていう方は、一階の奥のひとつ手前の部屋ですわ、と述べた。

「では、行ってきます」

久哉はうきうきして店をあとにした。間借りではないことがまず気に入った。

蕪木洋司というインドネシア語科の人物が入居していることも、ある意味で久哉を強く促す要因だ。おそらくアジア系の言語のなかでのインドネシア語科と東欧のチェコ語科の入試時の偏差値がほぼ同じなのではないか。

二人とも安心して合格できる、インドネシア語やチェコ語を受験した。これが本音だろう。二浪や三浪しても志望大学に合格確実なわけではない。予備校の講師がよく口にしていた——浪人を重ねるたびにもっと難関な大学合格の確率が上がるのだから、諦めずに勉学に精励せよ、と。聞こえはよいが、これは詭弁だ。毎年、不合格を続けるなど、こちらの精神がすさむばかりだ。さらに講師たちは訴えたものだ——われわれの仕事の真の目的は受験生に「夢」を与えることです、と。これもこじつけだ。いくら煽られても及第できない者には馬耳東風だ。

部屋をみて即座にここに、と決めた。久哉の理想にほぼ沿う物件だ。上京して独り暮らしを始める段になったら、こうしたアパートに住みたかった。速人は間借りだが、全体的にみてアパートと変わりない。久哉は自分も合格したあかつきには、雄二にならった住まいを、と願っていた。

六畳間、奥の右側にトイレ、玄関口にちょっとした流し——これで充分だ。最初の、汚泥を道の両側に積み重ねた「宗ちゃん」の家よりずっとましだ。そのとき太陽の光が差してきて畳半分を照らした。

胸がふくらみ気の昂ぶりが久哉に蕪木の部屋を訪ねる勇気をもたらした。いちばん奥の手前の部屋だと先ほど聞いている。外の廊下を忍び足で歩いて、その部屋に行ってノックした。

「はい。だれで――す?」

くぐもった声が内側からする。

「チェコ語科に入学した近藤久哉と申します。今度、このアパートに引っ越してくる者です。ご挨拶にと思いまして」

すると扉が外に向かって開かれた。ぬっとした顔が現われた。

「インドネシア語科の蕪木洋司さんですか」

「はい。オレだけど。チェコ語科のひと?」

「ええ、近藤久哉と言います」

「そお、ま、入んなよ。散らかっているけどね」

「それでは遠慮なく」

上がり框で靴を脱ぎ、振り替えると、本の山だ。久哉は息を呑んだ。それを察してか洋司は、オランダ関係の本ばかりなのだけどね、と後頭部に手をあてがった。

「……それにしても、よく集めましたね」

「ま、坐ってくれ」

洋司の手が座卓に向かって伸びた。久哉は部屋のなかをみわたす体で腰を下ろした。

「今日、大学は？」

「えっ、いま春休みだよ」

久哉はそうだと気づき、舌を出しかけてすぐ引っ込めた。

「それで、何でまたこのアパートに？」

「不動産屋からの紹介で」

「あのじいさんか。なるほどね。それはそうだろう。ここは女子禁制の禁欲的住宅だから、君は見込まれたんだよ」

洋司は目に微笑みを浮かべながら喋った。

「そうだったのですか」

「いいじゃん、禁欲っていうのも」

そう言い張りながらも、部屋にはアイドルの裸体のポスターが貼られている。久哉の目線に気づいた洋司が、オナペットだよ、と頭を掻きながら、抑えた声でもらした。一瞬、その意味を計りかねたが、ああ、なるほど、とみずからに問いかけるように胸の裡でつぶやいた。

「ところで近藤君、ここからどうやって外大まで通うつもり？」

「……？　王子で下車して歩きです」

「だろうな。オレもそうだよ。だけど、もう行ったと思うけど、染井霊園という心の穢《けが》れを拭い去ってくれる静謐《せいひつ》な墓地があるだろう。あそこを通り抜けて通学するのもいいんだ」

「先輩はそうされているのですか」

「いや、いまは王子から裏門へ、だ」

「はい。それが妥当だと」

「でもな、たった二、三回のことなんだけど、駒込で降りて霊園のなかを、散策がてら歩いてみたら、全然気分が違うんだよ」

「巣鴨駅からではないんですか」

「巣鴨からでもいいよ。だけど駒込からのほうが近い。それに駒込駅の付近には『八義園』があってさ。下校のときなど立ち寄って汚濁された精神を緑のなかで洗い浄めたものだ」

洋司の目が遠くを望む眼差しに移ろい、その瞳に窓からの光が宿って輝いている。

「『八義園』、柳川吉康がこしらえた広大な庭だよ」

「有名な庭園ですよね」

「ああ。是非、行ってごらんよ」

「ええ、そうします。……それで駒込から、と？」

「巣鴨からでも王子からでも、どちらでもいい。その日の心持ちと最初の授業の開始時間によるからね。でも、さっき言ったように、オレはもう染井霊園を通過するコースは取っていない。王子から裏道を歩いている」

久哉はどことなくワケアリな洋司の応え方に興味を抱いた。そしてアクセントが関西風に思えた。

「じゃ、ぼく、駒込駅周辺はよくわからないので巣鴨からにします。それと先輩の出身は近畿地方ですか？」

「わかるかい。だいぶ標準語に近づいたはずなんだけどな……もちろん巣鴨からでもいいよ」

久哉は洋司の口許がゆるんで一瞬緊張が解《ほぐ》れた気がした。正門ではなく裏門を利用する洋司には、やはりなにかあるのだ。

「先輩の部屋、本でうまっていますが、オランダ関係の図書が多いのは？」

「ああそれかい。ぼくはオランダの、実はドイツ人だった、かのシーボルトの研究をしたくてインドネシア語科を受験したんだ。『講義概要』にあるだろう、ネシア語科にはかつての宗主国であるオランダ語が設けられているって」

久哉がとっさに思い浮かんだのは、「オランダ東インド会社」だ。それを口に出すと、それぞれ、それだよ、と洋司が待ってましたといったばかりに応じた。オランダ研究か、と久哉はオランダ出身の作曲家を思い出そうとした。でも、だれも挙がって来ない。それをあえてぶつけてみると、

「君はクラシックが好きなんだ。だからチェコ語科か。納得がいくよ。オランダには、現在のぼくの知識では際立った作曲家は出ていない。そのかわり、エラスムスとかホイジンガなどの著名な思想家や文化史家が脳裡に浮かぶけどね」

久哉の得意だった世界史の知識を活かせるときがきた。

「ロッテルダムのエラスムス。『痴愚神礼賛』の著者で、ルターに影響を与えた人文主義者ですね。あとのホイジンガは二十世紀の出色な文化史家で、『中世の秋』を書いた人物」

「その通り。良く知ってるね。そして最も留意すべき点は江戸時代、オランダが西欧で日本と唯一の貿易国ってことだ。そのわけを知りたくてね。『中世の秋』もいいんだけどね」

「そうですね。高校ではその理由、おそわらなかったですものね。ぼくは関東外大に決まった後、すぐに『中世の秋』、読みました。一浪時代に、本屋に入るたびにその本を手に取って頁を捲っていたものです。第一章のタイトルが『はげしい生活の基調』だったで

すが、ぼくは、この『基調』という言葉がすごく気に入りました」

「『基調』ねえ。『生活の基調』かあ。良い言葉だ」

「ええ、『基調』がしっかりしてないと何事もうまくいかないだろうと思ったものです」

「言い得て妙があるね」

久哉は微笑んだ。えくぼが口許に浮き出た。久哉のわかったことは、この蕪木という先輩がきちんとした目標を抱いてネシア語科を選んだことだ。それを知っただけでも昂揚感に包まれた。自分もしっかりしなくては、と言外に言われている。となると、まずチェコ語の習得だ。それを糧に、スメタナやドボルザークの祖国へ、在学中に一年間留学してみること。そこまで語学力を磨き向上させねばならない。良い先輩のいるアパートを不動産屋は紹介してくれたものだ。

型通りの入学式が済むとさっそく授業が始まった。一年生はやはり専攻語の習得に力点が置かれていて、九〇分の授業が曜日をおいて、計六コマある。文法、講読、会話、チェコ事情、の四通りに分かれている。スラヴ系の言語の格変化には戸惑いを覚えた。これまで英語を学んできた者にとっては言語観の一新が求められた。英語はおそらくもっとも遅くに完成をみた言語に違いない。

久哉は専攻語のほかに、英語とスペイン語を選択したが、スペイン語にもそれは顕著だ。英語で主節が主観的形容詞や動詞が来る際、that 節内の動詞のまえに should を置いたが、スペイン語では、should を含んだ接続法の動詞が個別に存在していてそれを充てればよい。だから覚える単語の数が多い。だが、チェコ語の格変化はこれをしのいで複雑だ。名詞や動詞、形容詞や代名詞も、そして数詞も変化する。

第一回目の文法の講義のとき、知野教授がこの事例を言って、相当頑張らないと容易に身につかない言語だとやんわりと述べ、このなかでラテン語の授業を受けるつもりのひとはいますか、と問うた。誰も手を挙げなかった。

「ラテン語では、名詞が主格、呼格、属格、与格、対格、奪格、と変化するのですが、チェコ語でも同じです。奪格は前置格と言います。たいていのひとはまずこの格変化が覚えきれずに脱落していきます。ちょうど五月の連休明けくらいで生存率がはっきりします。ついでに申し上げておきますと、チェコ語科を卒業しても就職先は限られています。なんのことはない、日本でのチェコ語の需要が低いからです。ただ、外大卒というブランドを活かせば道は多岐にわたります。英語の授業を積極的に取って血肉化して下さい。あなたがたを世間一般や企業側がどうみるか。それは、英語は会話も含めて完璧、その次に専攻語もこなす、というものです。就職活動のときにそれが歴然とするはずです。一年生のみなさんには先の問題でしょうが、四年間などすぐに経ってしまいますからね」

知野教授の言い方に嫌味はなかった。率直に学生のことを思いやっての発言と受け止められた。

「先生、留学のチャンスはあるのですか」

最前列の女子学生が尋ねた。

「はい、たいていのひとは二年生の夏休みに出かけていますね。たった一か月余の話ですが、古都プラハの街歩きを堪能し、チェコ語やボヘミア文化への理解も深めて帰国するようです。後期からの目の色が違いますから」

みながざわめき立った。久哉はその機会を利用してチェコ・フィルの演奏を聴いてこようと思った。

日が経つにつれ、クラスは空席が目立ち出した。最初に集まったときに自己紹介した分だけの学生が授業には参席していない。どうしたのだろうと疑念がくすぶったが、あとあとになってから、その訳をポーランド語科の藪内幸太郎から聞いた。彼は「体育」のときは人数がそろってるだろうと逆に問いかけた。体育のとき？　はて？　チェコ語科はポーランド語科、ロシア語科と一緒に授業を受ける。前期は毎回バレーボールを続けるのだそうだ。すぐに試合形式を取らずに、腕立て、指立て、屈伸などからからだを造る基礎からパスへと移っていく。パスの際には適宜相手をみつけて練習する。久哉の場合、いつの間にか、ポーランド語科の幸太郎となった。腕前はどっこいどっこいだ。幸太郎は語学莫迦ではなく大学生生活をのんびり過ごすつもりの人物に映った。

どちらからともなく声をかけるようになって、週一回の体育の時間が待ち遠しくなった。話の発端は、外大生ならだれしも同じである、なぜ○○語科へ、だ。久哉と幸太郎のときもそうだ。

幸太郎の下宿を訪ねた際、久哉は音楽の話を持ち出した。

「スメタナにドボルザーク。いいだろう。『新世界より』も『ドボ8』も」

「『ドボ8』?」

「交響曲第八番、ドボルザークの」

「ああ、あれね。素朴な創りで魅惑されるね。で、なんで『ドボ8』というわけ」

「高校時代、交響楽団のクラブに入っていたクラスメイトがそう呼んでいた」

久哉は満面に笑みを浮かべ、あたかも理解者が現われたというふんわりした心持ちになった。それで、藪内君は? と訊いた。

幸太郎は握り拳を口許に当てがい空咳をすると、

「ポーランドの現代文学を原文で読みたくて……」

「文学?」と口走った切り半ば空いた口がふさがらなかった。幸太郎は東欧の文学作品を指して言っているのだ。久哉の見識外だ。

「ポーランドの作家?」

「そう、シュルツ、といってね。そうだな、ポーランドのカフカ、とでも呼ぼうか」

「変身するわけ」

久哉の読んだカフカの作品は『変身』と『城』の二作だけだ。

「ま、自分で読んでみるといい。神田の古本屋街で、『現代東欧文学叢書』が、店先に転がっているから買ってみれば。一冊五百円だよ。チェコだと、ヴァイルの『星の在る生活』が秀逸だな。あっ、そうだ、あのカフカがプラハ生まれだった。ユダヤ系ドイツ人で原稿はもっぱらドイツ語で書いたけどね。高三の夏休み、両親と一緒にワルシャワに観光で行ったとき、プラハのカフカの生家を訪ねたんだよ。こんな」と言って、幸太郎は両腕を並行に差し出し、「こんな狭い玄関だったよ。変身したくなるのもわかるような気がしたもんだ」

「そうか。うっかりしていた。カフカがプラハ生まれとは」

「プラハはね、鈍色《にびいろ》の街並みだった。気づいたら街を散策していてね、街を貫流するモルダウ（ブルタヴァ）川が目に入ってくる。そのほとりにたたずむと、スメタナの『モルダウの流れ』がいかに巧みにその川を描写しているかが、胸に迫ってきたな。夕陽が川面で戯れていてさ、これから暮れて行くのに全然、そんな気にはならないんだ。水の匂いが立ち込めて、めまいを感じたほどだったよ。草いきれに似ていたっけ。たゆとう鏡面にも似た水面だったたな。透明感が詰まっていた」

「……行ってみたいな」

「一年生か二年生の夏休みを利用するといい。フィンランド航空でヘルシンキまで飛んで、そこでプラハ行きに乗り換える。ヘルシンキまで、北極を廻るから、一〇時間で着くよ。モルダウ川がエルベ川と合流して北海に注ぐのがみられるといいんだが」

「エルベ川の支流なんだ」

「そういうこと。それと、郊外行きのバスに乗って小高い丘で降りる。市街が展望できてね、みな屋根の色が煉瓦色に統一されているんだ。圧倒されたよ。カレル大学にも足を伸ばしてみた。そしたら、宗教の時間割が英語でも書かれていた。カトリック研究、プロテスタント研究、それにびっくりしたんだが、フス教研究もあったよ」

「あの異端者で処刑されたフスを?」

「ああ。たぶん、プラハのヒエロニムスにも触れていると思うね」

「チェコでは大切な人物なんだね」

久哉にとってはこれらの幸太郎の発言はすべて寝耳に水だ。ポーランドならショパンに憧れて進学してきたのではないのか。文学作品など思いもよらなかった。

「ここにそのシュルツの本はある?」

問いかけると、あるよ、と幸太郎は立ち上がり、本棚のいちばん上に手を伸ばして、青色のカヴァーの一冊を取り寄せた。

「このさ、『肉桂色の店』がいいんだ。目を通してご覧よ」

久哉はページを繰って差し出された箇所に視線を投じた。

七月、父は湯治場へ出かけてしまい、私と母と兄とは、暑熱に白い、めくるめく夏の日々のなかにおきさられた。光に放心した私たちは、休暇というあの大きな書物を一枚ずつ見ひらいていくのであったが、どの頁もちらちらと燃え、その底には黄金色の洋梨の実の気も遠くなるほどの甘みがあった。


「どうだい?」

幸太郎の声がめくれ上がったように響く。

「ぐっとくるね」

「訳もいいと思う。こうした文章を書きたいもんだよ」

「原文で読みたい気持ちがわかるな。高校時代からシュルツを知っていた?」

「いいや。恥ずかしいかぎりだけど、一期校受験に失敗して、外大を受けた。用心してポーランド語科を選んだ」

幸太郎は久哉から視線をはずして応えた。

「……東都大学?」

「いや、四橋大学」

「そうか、でもよかったね。シュルツに出会えて」

「まあね。合格後、ポーランド語科を選んだ理由探しに神田をぶらついていたら、偶然みっけた。よくこうした売れもしないシリーズを刊行したもんだよ。大手の版元では絶対やらないだろうな。『耕文社』は気骨があるよ」

自分では読書家のつもりでいたが、ここまでは目が届いていない。どの国にでも優れた文学作品がある、というあたりまえのことに気づく。古本屋街に赴いてみよう。

「……ところで、専攻語のときの受講生と体育の折の受講生の数に不揃いがあるだろう」

「そう。そのわけを訊きたくて」

「ごく大雑把に言うと、体育だけ受講して、あとの講義は取らずに、みな予備校に通っているんだよ」

「予備校？　何でまた？」

「来年度、志望大学に受かるためさ。東都、四橋、長谷田、慶央、上知、中王、といったところかな。次年度受かれば外大に退学届を出して、はい、さようなら、っていう寸法さ。ぼくのクラスもがらがらだよ」

どす黒くて重たい荷をかついでいる気分に陥る。

「人気もないし、卒業後就職先も限定される、弱小言語科の宿命さ。だから、専攻語はもちろんだが、英会話をどこかで習わなくてはならない」

その意見には久哉も賛成だ。


外大には「聴覚」教材が完備されている。チェコ語科にも「会話」の授業がある。非常勤のチェコ人の女性講師がヘッドホーンをつけた受講生相手に、久哉にとっては苦手な授業を行なう。音声が急にプツンという音で遮断され講師の声が割って入ってくる。質問が早口でなされ、回答できなければ、次の学生に移っていく。有無を言わせぬ方式だ。久哉はいつも飛ばされるので、その授業のあるまえにテープを聴いて予習をしようと考えた。テープの貸し出しは自由なので、要するに「慣れ」だとみなして、事前に特訓した。流れてくるチェコ語をノートに書き写していく。その際、「聴覚教材担当」の学生が必ず、保管所からテープの貸し出しをしてくれる。久哉はいつも、西岡留美という学生アルバイトに世話してもらう。

留美はポーランド語科の二年次生だと自己紹介した。

「それじゃ、藪内幸太郎君、知ってます」

「もちヨ。後輩にあたるけど、文学一筋の変わり者」

「そう映りますか」

「ええ。文学に関心のないひととは、たとえ先輩でも口を利かないから」

「ぼくにはシュルツの作品をみせてくれたけどね」

留美は、ええ？　といった顔つきで、それ、ほんと、と訊き返した。

「ふーん。どうやって知り合ったの」

「体育の時間で、パスのペアを組んでいるので」

「そうなの。そういうの、きっかけになるものね」

一瞬、留美は久哉に嫉妬心をみせた。ああ、このひとは幸太郎に憧れているのかもしれない。眼差しがうるんでいる。

留美の年齢は一浪している久哉と同じだ。毎回担当してくれるので、しぜんと気持ちが通うようになった。留美がなぜポーランド語科に進学したのかはわからないが、学内でのこの「聴覚」教材のアルバイトのほうが、自分でもテープを利用できるので愉しいとある日、愚痴めかしてこぼしたことがある。なぜかと問うと、ネイティヴの先生の会話の授業に科学性がないからだと応えた。

「……科学性？」

思わぬ回答に戸惑った。

「そう、科学的でない、と言ってもいいかな」

首を傾げながら、久哉は留美の次の言葉を待った。

「だって、系統だっていないんだもの。それに私たち大学生でしょ。そしたら、会話の中身がいつまでも、最寄りの駅への道の教え方じゃ、つまんないもの」

「言えてる。科学的でない、というのも何となくわかる」

久哉は会話の授業を想い起こした。でも、語学学習では一定の期間で詰め込むのも重要なことも承知している。

「で、実際、ポーランド語、話せて聴き取れるようになった?」

「まさか。授業、サボっているのに」

留美が腕を組んだ。あたりまえよ、という顔つきだ。

「西岡さん、英語のほうは?」

「それがね、NTBラジオの英会話番組担当の先生の授業受けているんだけど、その先生ったら、座席表をこしらえているの。授業じたいはいいの。十分くらいネイティヴの話をテープで何度も何度も繰り返して聴かせる。こっちは、その音を書き取る。聴き取れない単語がたくさん出て来るわ。回し終えたら、指名して、黒板にそれを書かせるの」

「へえー、それはいいね。力がつくよ。それこそ科学的だ」

「でもね、なぜかわからないんだけど、二週間おきにわたしが当たるの。苦言を呈すると、ユー・アー・アンラッキイ・ガール、って笑いながらのたまうの。腹が立ってね」

「黒板での出来はどうなんです」

留美は故意に笑みを口許に湛え、まるっきりダメね、恥ずかしい思いをしてるわ。かなり自嘲気味だ。

留美の服装はいつもジーンズでスカートということはなかった。それで体型がはっきりと浮き出ていた。小柄だが、胸はこんもりと膨れ上がっていて触れるものなら触ってみたい。だが、何といっても小股の切れ上がっている点が、久哉の股間部をたいそう刺激した。知らぬ間にテントを張った状態になっている。留美の視線が鋭意にそれをとらえ、えくぼをみせつける。

いつしか久哉は留美と逢うために足しげく視聴覚室に通うようになった。そのうち下着が濡れてくるのを感じ始めた。医学書に当たってみると、体液が出るまえにある種の液体が流れ出て体液の噴出の助力をするのだという。久哉はその液が下着に染みさらにズボンまで汚すのではないか、と危惧した。

「西岡さん、一緒に英会話、習いに行きませんか？」

「まあ。いいの？」

「うん。池袋に専門学校がある。校内、日本語禁止。徹底しているからいいんじゃないかと思って」

「あそこね。知ってるわ、わたしも」

「クラス決定のための試験があるので、受けてみない？」

「なら、そうする。善は急げ。染井霊園を通っていきましょ」

「ええ」

同意した久哉は股間に手をやって、突起物を押し込めるようと腰を後ろに引いた。留美は口に手を当てて凝視している。久哉も留美の股下をみつめながら、あの下は肌着一枚なのだ、と想う。

チェコ語科に進学して英会話はいただけないが、就職のためだと割り切ればよい。

それに、久哉と留美はいつのまにか、一緒に下校するようになっていた。聴覚教材を用いて耳の訓練の予習が終わる頃、ふたりは一緒に正門を出た。空は紅色に暮れなずんでいて、久哉の右の頬を染め上げる。留美の住まいが日暮里にあるので、二人は染井霊園を通過して巣鴨駅で乗車し、田端で降り、久哉は京浜東北線に、留美は逆方向の線に乗った。留美はそのまま山手線で日暮里駅に向かえるのだが、わざわざ下車してくれる。

あの日、池袋の英会話専門学校にも二人で出向いて試験を受け、同じクラスに決まった。

「中級の上」だ。最上級のクラスもあったが、名目上のことで開講していない。だから実質的には池袋校の最高位のクラスなのだ。

夏休みに入る頃、久哉は速人の下宿を久方ぶりに訪ねてみよう、と留美と巣鴨駅付近で別れた。外大入学後、速人には一度も逢っていない。とげぬき地蔵界隈はお年寄りたちであふれかえっている。早朝に散策したかつての通りとは打って変わった光景だ。久哉はその群衆に背を向けて、速人の下宿の玄関を開けて彼の部屋の扉をノックした。

「はーい」

間延びした声だ。

「オレだ。入るぞ」

扉を引いた。

目に飛び込んできたのは、紙くずや衣類などが散らばっていて、畳が隠れてしまっている一室だ。

「なんだ、これ」

「片づけるのが面倒でさ。近藤、おまえ得意だろ。手伝ってくれ」

「久しぶりに逢う友だちに向かって投げる言葉か！」

「そう言わんと」

「いや、オレの坐る分だけ整理するよ。こっちは気にしないから、おまえも坐れ」

「そうか、ならそうさせてもらうよ。外大はどうだ？」

「なんというか、腰かけ大学だよ」

久哉は二期校の悲哀を物語った。

「なるほどね。籍だけおいて予備校か」

「体育の時間には出てくるんだ」

「名門だけど、実態は……」

「芳しくない。でも就職率は抜群らしい」

「だろうな。みんな英語、達者なんだろう」

「……池袋の英会話専門学校に通い始めたばかりだ」

「外大生がねえ」

「そういう速人はどうなんだ」

久哉が速人に鋭利な視線を送った。速人は身構えた。

「オレは、そうだな」と言って、腰を上げると抽斗から小箱を取り出し、久哉のまえに置いた。

「これを何とか活かしたいとずっと思っているが、チャンスがない」

小箱はチョコレートの箱の三倍くらいの大きさだ。何だ、これ？　と久哉が箱を手に取って眺めると、開けてみろよ、と速人が促した。久哉は蓋《ふた》を持ち上げた。

「あっ、これは」

「コンドームさ」

一個欠けている。

「やったのか」

「いや、相手を酔っぱらわせてヤルつもりだったが、オレも酔っちゃって、はめたところまではよかったが、寝てしまった。大恥かいたよ」

「それは残念だったな」

「まったく」

速人が肩を落している。

「早く筆おろしをしたいもんだよ」

「彼女をつくればいいじゃないか」

「それは希望的観測だよ。意外と出逢いは限られているもんさ。たぶん、外大は女子が多いだろうから不自由はしないだろ」

速人の目つきに羨望の光が宿っている。

「そう指摘されれば、そういうことになるかな。でも、それだけではモノに出来ないよ」

久哉の念頭に留美の小股が浮かび上がってきている。あそこをいつか撫で上げてみたい。

それは童貞を棄てるときだ。

4 蕨駅東口改札

山手線上野駅から徒歩一分のところに東京文化会館がある。たいそう立派な建物で、同じホールでも札幌市民会館とは雲泥の差だ。そこで、目下来日中のチェコ・フィルの演奏会が催されるという。指揮者はヴァーツラフ・ノイマンだ。もはやカレル・アンチェルの時代は過去のものになっている。

曲目は、スメタナの『わが祖国』全曲と、ドボルザーク『スラヴ舞曲第二集・第一番、第四番、第八番』だ。ポーランドは直接関係ないが、思い切って久哉は留美を誘ってみた。あいにく彼女はクラッシックに興味がないと返事をしたが、後学のために、と折れた。久哉は二人分のチケットをやっと手に入れた。東京では二日間しか演奏日がなく、あとは国内ツアーだ。チェコ・フィルはカレル・アンチェルの時代に日本を訪れていて、同じ時期に来日していたカラヤン指揮のウイーン・フィルハーモニー管弦楽団と演奏地こそ違え活動をともにした。その演奏はカラヤンのそれに勝るとも劣らぬ力量を発揮して圧倒的な人気を勝ち得た。

　久哉は大好きなマーラーがユダヤ系でチェコ生まれであり、チェコ・フィルで指揮棒を振ったことも留美に語りたくもあったけれど、留美にクラシックへの関心がみられないので一切告げていない。好意を抱いている異性が自分と同じ趣味を持っていなくとも構わない。ひとそれぞれでこちらが口を挟むべき問題ではない。というより、生の演奏の迫力を知ってほしい。

　チェコ・フィルの十八番《おはこ》は、チェコ出身の作曲家たちの作品だ。スメタナ、ドボルザーク、ヤナーチェクなどの楽曲の演奏には高い評価が与えられている。特に、今回の演目である『わが祖国』は、その命名の通り、チェコの第二の国歌のような貴重な作品だ。

　このことも久哉は留美に話していない。かつて二人で染井霊園を通って巣鴨駅に向かう途中、ベトナム戦争の話を持ち出したが、さっぱり訊く耳を持たなかった。政治や世界情勢に心が惹きつけられないのだろう。女子学生の多くがそうかもしれない。「チェコ事情」という講義があり、久哉は毎週愉しみにしていたが、女の子たちはほとんど欠席している。むろん男子もだ。久哉が歴史好きで、知野教授から、チェコは地理的に「東欧」ではなく「中欧」だと教示され、なるほど、と開眼したものだ。「中欧」という術語が新鮮で訴えかけるものを潜ませていた。地図によると、ドイツの南東部にチェコが食い込んでいる。

学業でのこうした刺激というのをおそらくどの学生も求めていたと類推するが、そのためにはやはり講義に出席しなくてはなるまい。高校の底の浅い授業と打って変わって、大学の講義には深みと醍醐味がある。少なくとも久哉はそう感じている。高校ではチェコ・スロバキアのことなど、これっぽっちも触れない。ポーランドは、『ポーランド分割』は習うが、『ヤゲロー朝』にかんしては大学で知った。チェコと違って、ポーランドはドイツとロシアとにじかに挟まれているから、この二大国に国運が左右されたのだろう。このことは、『チェコ事情』の講義のときに教授が、余談だが、と断って話してくれた。久哉には重要な脱線だと思われた。

チェコ・フィルのコンサートは、二日間にわたって行われるが、スメタナのほうはたった一日で完売してしまった。二日目は、ブラームスの交響曲第一番といわゆるドボ8だ。久哉は二日目に甘んじなくてはならなかった。留美に伝えると、いいわよ、と素っ気ない回答が返ってきた。久哉の嗜好に想いを馳せてほしかったが、留美にはそうした思いやりが欠けている。

演奏会当日、久哉はちょっとおしゃれを決め込んで、ネクタイをした。正装に近いつもりだ。留美もロングスカートでやってきた。

東京文化会館には速人と何回かきたことがある。東都交響楽団の定期演奏会のときだ。チケットが学生にも予備校生にも手の届くくらいの値だった。スタンダードな曲と現代音楽の紹介をかねての二曲の組み合わせが定番だった。吉満徹や柴口南雄《みなお》の新曲がよく初演された。終了後、作曲者がまえのほうの座席から立ち上がって、頭を下げた。そのとき、割れんばかりの拍手の音がとどろいた。

英会話専門学校では、留美のほうが格段にうまかった。同じレベルのクラスに振りわけられた理由が不明に思えた。学校指定のテキストを丸暗記して、言葉や文章を一定量蓄えるという、まっとうな教授方法が採られた。講師の先生は女性だ。自己紹介も英語でだった。

『関東外国語大学』は、英語では、『カントー・ユニヴァーシィティ・オヴ・フォーリン・スタディーズ』となる。みな、関東大学外国語学部と勘違いするが、関東大学という大学は存在しない。久哉が留美よりさきに挨拶すると、講師の先生が、わたくしもです、と破顔一笑した。フランス語科卒でした、と。次に留美が立ち上がった。

こうして毎週木曜日に一回、二時間の授業が開始された。久哉は木曜日だけでなく視聴覚教室を利用した日も留美と一緒に下校するようになっていった。

ふたりをしっぽりと包む夕陽の下の染井霊園では、ときおり線香の香りが漂った。いつのまにか手をつなぐようになっていた。久哉は勃起しており、液が下着に染みていた。

あるとき——それはうららかな風がやっと頬を撫でる五月だったが、留美がとつぜん、いい匂いがするわね、とつぶやいた。久哉もその芳香を感じていた。久哉にはそれが体液の匂いだとピンときた。アパートで自慰する際、ティッシュ・ペーパーに流れ落ちたとろんとした液が発する独特な香りだ。それがどの樹木からのものだと特定は出来かねたけれど、それを留美は、良い香りと感じたのだ。その瞬間、久哉は留美を誘ってもついてくると直感した。

またあるとき——それは冷気がみなぎり出だした錦秋の頃だ。留美がとうとつに下腹を押さえてしゃがみこんだ。どうした？　と、彼女の丸まった背中に久哉があわてて声をかけると、顔をこちらにねじまげて、濡れてきているの、と両手で顔を覆った。

久哉は、留美を抱きかかえるかのように立ち上がらせて、手をしっかり握った。胸がどきどき高鳴った。留美の鼓動も伝わってくる。引きずるように霊園を抜けると、巣鴨駅から山手線で田端まで行き、京浜東北線に留美を乗せて、蕨駅に行くよ、いいね、と言いきかせた。留美は観念したのか、うんと頷いた。

もちろん、蕨駅東改札口から向かうアパートが女人禁制であることは承知の上だ。しかし、一か月ほどまえ、久哉よりちょっと先に帰宅した蕪木洋司に声をかけたら、洋司の部屋の扉が全開しており、その陰に誰かを隠しているのがはっきり見て取れた。ああ、女の子だ、と察した。人数のほどはわからないが、確かに女性のにおいが久哉の鼻孔まで流れてきた。そのときの光景を想い浮かべながら、京浜東北線のなかでも留美の手を放さなかった。

アパートは静まり返っている。

「このアパートなの？」

「ああ。知ってるの」

「……いいえ。はじめて」

久哉は留美を部屋のなかに押し込んだ。カギをかけ、留美の胴体に手をまわし、唇をしゃにむに留美の口に押し当てた。

「靴を、ちゃんと脱がせてちょうだい」

留美が、久哉を突き放すと額に無数の皺が寄った。久哉は我に返った。ここまで連れてきて、そんなに焦らなくてもいい。

「まあ、上がってよ。狭いところだけど」

留美の目を凝視した。戸惑いを隠しきれずに目線をずらした。覚悟は出来ているだろうな、といった声音で久哉は己の胸底につぶやき、座布団を並べた。

「……避妊具、あるの？」

「ないよ。そのときがきたら、留美のお腹の上で絞り出す。問題なのは、それが出来るかどうかだな」

「不安だわ」

「……妊娠なんかしないさ。たった一回こっきりで」

久哉は経験するときにと決めておいた、ラジカセのスイッチをオンにして「家路」を流した。それからイングリシュ・ホルンの奏でる牧歌的な音色に合わせて留美の衣服に手をかけ、一枚ずつはがしていき、下着姿になったとき自分も脱いだ。

留美を座布団に押し倒して唇を吸った。ブラジャーに手をやると、わたしがすると言って上半身を起こして、腕を交差させて巧みに外した。豊かな、プルンとした乳房が現われた。久哉は手をかぶせた。掌に丸い輪郭線が刻み込まれ、同時に留美の肌のぬくもりが伝わってくる。ゆっくりともみ解した。腰に手をあてがって再度、座布団に倒すと、乳首を噛んだ。

「痛い」

その声がいっそう久哉の情欲をそそった。乳房を嘗め回し、耳元にも舌をはわせる。留美が、いやっ、とつぶやいた。それと同時に久哉は下着に手をやって足から抜き取った。久哉も下着を引き抜いて、留美の手を取って握らせた。

「硬いだろ」

「……」

「もっと強く。挟むように」

「こう？」

「それでいい。気持ちいいよ」

「……ひとり、悦に入ってないで。……早く……」

留美がむずかるようにねだってくる。わかった、と応えて、身を起こすと、留美はすでに脚を開いている。こんもりした恥毛の下の、左横の窓からの陽射しに映える崖に、筋が一本入っている。久哉はそこを目指して、手で支えつつ奥へと進めた。充分な液体に巻かれて、するりとなかに落ち込んだ。「家路」の主旋律にバイオリンが加わりその他の楽器も重なってくる。

「やっと、ひとつになれたね」

「……」

だが、初めての久哉はものの一分と保たなかった。腹の上に出すいとまもなく、空気が抜けたタイヤのように、しなしなと留美の首に被いかぶさった。フォルテに向かう「家路」についていけなかった。

「もう、終わったの？」

もの足りないといった声だ。

「ごめん。耐えきれなかった」

「せっかく、久しぶりだったのに」

「えっ？　知っていたの？」

「……初体験だったら、脚を開いて待ってなんかいなかったわよ。あれは男がするもんだもの」

「そうだったのか。ぼくが最初の男だと思っていたのに」

「ごめんね。これでもわたし、もてたの。でも、全員、外大の男のひと」

「……例えば？」

「言えるわけがないじゃない。プライバシーの問題だもの。みんなわたしを土台にしてうまくなっていって、わたしはその都度棄てられたの。所詮、からだだけの女なのよね」

「後追いしなかった？」

「もちろん、せがんだわ。でも、相手には意中の女《ひと》がいてね、わたしとのセックスで、その女のことを思い出させてしまうみたいなの」

「いけすかない輩だ。下種《げす》な男たちだ」

「でもね。そうしたことを経るうちに、わたしには色気があるって確信めいたものが芽吹いてきた。そして、それまでのミニスカートから、ジーンズに履き替えて、からだの線が浮き立つようにした。その直後に知り合ったのが、あなた、近藤君よ」

久哉は目を瞬《しばた》かせている。信じ難い話ばかりが続く。そういえば、抜群のプロポーションの留美の股間を撫で上げたいとかつて夢想したものだ。

「そうか、そうだったのか。だったら、それ以前の相手は、みなミニスカートに惹き込まれたわけ？」

「さあね。ただし、わたしには自信があったのは事実よ。あらっ、『家路』が終わってしまった」

「ほんとだ。また聴くかい？」

「今度は、『モルダウの流れ』にして」

「わかった」

久哉はべつのカセットを準備して、スイッチを入れた。ピアノの連弾のをセットしてしまった。

「このまえのコンサートのときのようなロングは、だったら、珍しいんだ」

「そう。愉しかったわ。べつだんなにも考えずに、ただオーケストラに耳を傾けていればよかったから。ミニだと、三角地帯に視線を投げてよこす男の目を避けるためにハンカチを置かなくてはならないから」

「それで、留美は男を惹きつけた、ってわけだ。まるで小悪魔だね、まったく」

「……ねえ、お願い、もう一回して。そしたら男の名前、ひとりくらい、打ち明けてもいいわ。ピアノの強弱に合わせてね」

難しいことを言う。久哉はさっそく恥部に中指を差し入れ、くねりくねりと指を回転させた。留美の全身が白濁して行く。ピアノがフォルテッシモになった。

久哉はゆるりと挿入した。すると下腹部が恥毛の上に乗って、摩擦を手際よく制御してくれるのを実感するゆとりが保てた。

「……お腹の上にしてね。妊娠が怖いから」

「わかった」

「お願いね」

目をつむっている留美が満足げに頷いている。

留美の、言葉にはならないよがりはモルダウ川の氾濫を彷彿とさせる。久哉も、我慢しきれなくなった、その瞬間、堪え忍んで抜くと、臍のあたりに絞り込むように精水を垂れた。あっ、と留美が吐息をはいた。と同時に二台のピアノによる楽曲が終了した。久哉は握ったまま荒い呼吸を鎮めようと懸命だ。留美は起き上がって、座卓の上のティシュ箱から二枚引き抜いて腹の体液を拭い、また二枚を取って陰部にあてがった。それから、みないで、と久哉に頼み込んで、衣服をつけ始めた。

「それで、その男って、だれ？」

「そうね、だれがいいかな。迷惑のかからないひとがいいわね。でも、あのひと、やっぱりまずいかしら」

思い悩んでいる。それほどの数の男と寝たのか。

「じゃ言うわ。このアパートの蕪木君かな」

「えっ……、蕪木さんと？」

留美は澄ました顔で、

「そう、いまでもときたま。彼はコンドームを使ってくるけど、わたし、コンドームがなじまなくてね。痛いのよ、なんか。だから断ることが多くなってきた」

「そこに現われたのがぼくっていうわけか」

「そういうことになるかな」

すらりと言ってのける。

「なら、ぼくにコンドームを要求したのと矛盾するね」

「……そう、わたしって、おかしいの」

「蕪木さんのこと、好きなの？」

「うーん、わかんない。そもそも、からだの関係で始まった仲だから」

「そう。じゃ、ぼくのことはどう？」

「近藤君のこと？　あなたとは偶然の出来事かな」

「そうか。その程度なんだ。わかったよ。……。ところで蕪木さんはインドネシア語科。どうして知り合ったんだい」

「ちょっと複雑なんだけどね。蕪木さんにはネシア語科の後輩のある女性に好意を抱いていた。そのひとはべつの男性に心を奪われていて、振り向いてくれない。そこで、わたしと同じ視聴覚部の山名晴美さんがみかねて、ミニで誘惑するようその女性――広芝さんというひとなんだけど――を教育して促したの。広芝さんは言うことを聞いて、本命の男性とかかわるまえに、自分に好意を抱いている蕪木君で試した、一回切りという条件でね。大人になった広芝さんは、にわかに色めき立った。晴美さんはその豹変ぶりにはたじろいだみたい。そこで広芝さんは、本命の彼に、『据膳』どうように迫ったの。それが功を奏したのか、その男子学生といい仲にやっとなれた」

「なるほど、うまくいったんだ」

「ところがその男の子は、一回だけ、をかたくなに主張した。でもね、広芝さんの立場からすれば、そんなこと、言っていられない。しつこく彼の下宿に通っては床をともにした。でも、気持ちについては、上すべり。とうとう見切りをつけて彼の許を去っていった。わたしの知っているのはここまで。蕪木君はわかっていたみたいだけどもやもやした気分で取り残された。その、なんというか、身心の奥にうろうろとした心持を抱えたひとって、わたしにはすぐわかるの。それで誘ってみた。蕪木君には鴨がネギ背負ってきたって感じだったと思う。要するに男はセックスさえ出来れば、だれが相手でも構いはしないのよ。だってさ、健康な男のひとにしてみれば当然だもの」

久哉は口を空けたまま、語り下ろす、留美の唇の動きを呆然とみつめていた。

健康な男子、なるほど。夢精もするし、自涜だってせざるを得ないものな。女を抱きたいのはやまやまだ。

「その山名晴美さんは?」

「あの女《ひと》も浮名を流したクチだと想う。でもこれはあくまで憶測。ほんとのことは知らない」

「ひとつ、訊きたいことがあるんだけど、ぼくのときと蕪木さんのとき、どっちがいい？」

「比較せよってこと」

「まあ、そうだ」

「応えられない、あるひととしているときにはそのひとのことしか念頭にないもの、没入するの。較べるなんて愚の骨頂よ。それに近藤君とはまだ二回よ」

留美は久哉の股間を目にするか、蕪木の性器を思い浮かべているのか、どちらとも取れるふうに視線をあいまいに漂わせた。そして、ほかに聴かせたい曲があるならかけてちょうだい、と甘えてきた。

三年生の後期の段階で英会話力をつけ、チェコ語もいっぱしに話せるようになった。

久哉は三年次の夏休みにチェコを旅しボヘミアの風を全身に浴びて、二人の偉大な作曲家をしのんだ。とくにスメタナの『わが祖国』を思い出しながら歩くと、作曲家の風景描写の巧みさに息を呑んだ。「モルダウの流れ」が「モルダウ」そのものなのだ。チェコ・フィルの演奏会にもおもむいた。圧倒的にボヘミア色に染め上がっていた。ボヘミア・ガラスを通してみえた音色に等しいのではないか。とうてい手ではつかめないが、確かに胸の底を焦がす音の数々だった。

それからプラハには塔のある建物がやたら多い。久哉は高校時代に拡げてみた『塔の街』という写真集を思い起こした。プラハの街並みが掲載されていたかどうか、記憶にないが、確かなのは、イタリア・トスカナ地方の丘の街、サン・ジミニャーノだ。行ってみたい。坂をのぼりたい、と丘の街に憧れたものだ。プラハは盆地のなかの街だからのぼるわけにはいかないけれど、仰ぎみると尖塔が空を突き刺している。

その光景を仰ぎながら、一九六八年の「チェコ事件」のことを思い浮かべた。この複雑な政治的事件をチェコ事情の講義で教授は噛んで含めるように語った。チェコの民主化である「プラハの春」で、ワルシャワ条約機構に基づいた、ソビエトや東欧諸国による軍事介入へと発展したこの出来事を「チェコ事件」と呼ぶ。学年が進むにつれ外交官を目指し出していた久哉にとって記憶に留めて置くべき出来事だ。他に、と教授はひと息ついて、「実は第一次世界大戦中、オーストリア支配下のチェコ人がロシアに投降した。これをロシアは『チェコ軍団』と位置づけてドイツ軍と戦わせた。停戦後も『チェコ軍団』は戦いを続けた。そこで、ウラル地方で『チェコ軍団』が壊滅状態になっているという誇大情報が流れて、英米と歩調を合わせ日本軍も『チェコ軍団』救援のためシベリアに出兵した。日本軍の本音はシベリアでの領土欲にあった。ウラルでの問題が解決すると英米等の国々が早々に撤退した。日本軍だけが残留となったが、国民や世界各国からの批判を浴びて引き上げざるを得なかった。遠いチェコと日本とをつなぐ珍しい事例だな」

教授は、こんなこともあったんだよという表情で、聴き入っている久哉たちを睥睨《へいげい》した。

四年生になって就職活動の時期に入った。一年先に社会に出た、蕪木洋司は四井物産、留美はTBCという民放局に決まった。留美とはその後、東京文化会館に四か月に一回の割で通った。留美は知らぬ間にクラシックのファンになった。音楽会の帰路、留美のアパートで二人は好きな楽曲を背景に我を忘れた。

速人はすでに上級公務員試験に合格し、念願の大蔵省の官僚となっている。

久哉は希望するチェコ・スロバキア日本大使館勤務が実現した。ある程度出世できるだろうか。むろんチェコに派遣されたら奇貨居くべしだ。どこの国でも、大使クラスは東都大学出身者というのが現実だ。しかし、チェコ語を彼らが話せるかいなかはべつだ。外務省で振り分けられて勤務することになるに違いない。ただし、英語にかんしては、「読む」、「書く」、「聴く」、「話す」の四つがそろっていることが大前提だろう。当時、外務省だけが、外務省独自の試験を実施していて、受験者はそれ相応の覚悟が求められた。久哉はその点、有利な立場にいた。弱小言語であるチェコ語を習得し、さらに英語力にも自信があったので、出身大学での区別がなければ御の字だ。しかし、日本のチェコ大使館の公用語は英語だった。駐日チェコ大使みずからが英語を用いている。もちろん、久哉とはチェコ語で会話した。

いつのまにか久哉は一目置かれる存在になっていた。語学の出来不出来の差異の持つ恐ろしさと言ってよいだろう。ある日、大使に呼ばれて、二年間のチェコ留学を勧められた。久哉のなかでじわじわと歓びが満ちてきた。これほどありがたい話はない。ひょっとしたらチェコでもっと多くの歳月を暮らせるかもしれない。研鑽しだいだろう。

留美にはチェコに一緒に行かないかと誘ったが、まだ結婚は早い気がする、わたしにも考えがあって、ふたりとも次に逢うまでは他の異性との交わりを決して持たない――こうしたらどう？　と提案してきた。

「……なるほど、わかった。その線で行こう」

久哉も臍を固めた。

出発の二か月まえ、何気なくＴＢＣテレビをみていると、「ぶらり途中下車の旅」という新番組の第一回目の放映があった。「ナカタ」というタレントが、ＴＢＣのアナウンサーとともに、日本各地の都市や町で列車を途中下車して、その街ゆかりの産物や祭りなどを、地元のひとの助けを借りて探索する、といった地理の授業を身近に引き寄せようと意図した、質の高い番組だ。「ナカタ」は、本名を「タナカ」という。ひっくり返して芸名としているのだが、頭が切れて知識人に好まれるタレントだ。「タレント」の意味が「才能」であることをおのずと立証する芸人だ。

久哉が驚いたのは、「ナカタ」と組むアナウンサーが西岡留美だということだ。TBCに入社したことは知っていたが、アナウンサーになっていたとは。

ジーンズ姿でないのは言うまでもない。臙脂《えんじ》のスラックスに白いブラウス姿で、清潔感にあふれている。外大時代の小悪魔といったイメージが払拭されている。「ナカタ」に寄り添うようにして、ときには相槌を打ち、ときには自分の意見を控えめに述べた。彼女の役どころはあくまで「ナカタ」を惹き立てるものだから、それに徹しているのは当然だ。恥じらいや謙虚さが画面いっぱいに広がり、久哉はひさしぶりに目にする留美の変わりように目を見張った。ジーンズ姿で登場したときがあって、案の定、小股は当時をしのばせる切り上がりようで、魔力がいや増している。

放送局に入社して良い意味での変容を成し遂げたのか。

留美のかいがいしさに、「ナカタ」の顔も綻んでいる。君子豹変す、と言うが、妖女一変す、とも表現し得ようか。久哉は漫然と口を空けたままだ。ひょっとしたら留美は木曜日の英会話学校のほかに、アナウンサーの専門学校に籍をおいていたかもしれない。

あくまで推測にしかすぎないが、やがて番組が回を重ねるようになった暁には、親子ほど歳の離れている「ナカタ」が留美の紡《つむ》ぎ出す糸に絡め取られていくのではなかろうか、と悋気《りんき》な自分に気がついて、久哉は思わず苦笑を禁じ得なかった。

＊本作中の、シュルツ「肉桂色の店」は、工藤幸雄氏訳を用いました。

初出

第二部　染井霊園　1　音　（「染井霊園」『季刊文科』二〇一九年夏季号）

他は書き下ろし

さわい　しげお

1954年、札幌市生まれ。道立札幌南高校から東京外国語大学伊語科を経て、京都大学大学院文学研究科博士課程修了。小説「雪道」にて第2回（200号記念）『北方文藝賞』と、第18回『北海道新聞文学賞・佳作』を同時受賞。2019年3月末日を以て関西大学文学部教授を定年退職し、著述生活を事とする。専門はイタリアルネサンス文学・文化論。東外大論文博士（学術）。『三田文学』『文學界』『新潮』などに作品を発表。小説に『復帰の日』（作品社）、『若きマキァヴェリ』（東京新聞社）、『旅道』（編集工房ノア・「雪道」所収）、『鮮血』『一者の賦』『外務官僚マキァヴェリ』『八木浩介は未来形』『三つの街の七つの物語』（未知谷）、『鬼面・刺繡』『絵』（鳥影社）他。文芸批評に『生の系譜』『「鳥の北斗七星」考』（未知谷）。エッセイに『京都の時間。京都の歩きかた。』（淡交社）、『腎臓放浪記』（平凡社）他。イタリア関連書に『ルネサンスの知と魔術』（山川出版社）、『魔術と錬金術』（筑摩書房）、『ルネサンス』（岩波書店）、『マキアヴェリ、イタリアを憂う』（講談社）、『ルネサンス再入門』（平凡社）、『自然魔術師たちの饗宴』（春秋社）他。翻訳にガレン『ルネサンス文化史』（平凡社）、カンパネッラ『ガリレオの弁明』（工作舎・筑摩書房）『哲学詩集』（水声社）、バウズマ『ルネサンスの秋』（みすず書房）他。

北区西《きたくにし》ケ原《がはら》

留学！　できますか？

2020年6月25日初版印刷
2020年7月10日初版発行

著者　澤井繁男
発行者　飯島徹
発行所　未知谷
東京都千代田区神田猿楽町2丁目5-9　〒101-0064
Tel. 03-5281-3751 / Fax. 03-5281-3752
［振替］　00130-4-653627

組版　柏木薫
印刷所　ディグ
製本所　牧製本

Publisher Michitani Co. Ltd., Tokyo
Printed in Japan
ISBN 978-4-89642-616-8　C0093

澤井繁男の仕事　小説

鮮血
短篇集

978-4-89642-094-4

透析患者の視線は自らを不完全な生と捉える。人々の外的障碍も自ずと目に付くようになり、人間の生を負の側面から照射する。そこから生起するさまざまな変奏、五つの物語。生命とは、臓器を生命の維持装置と自覚した人間の意識とは?!　224頁2200円

一者の賦

978-4-89642-111-8

錬金術や占星術を貫く一者、森羅万象にあまねく顕現するカミを見た男は、新しい宗教を興こし成功する。が、内面には故郷サロマ湖に吹きつける寒風が……生きてある歓こびを求めて、北海道から京都、イタリア各地へと遍歴する男の物語。　256頁2400円

天使の狂詩曲

978-4-89642-183-5

愛する者が生死を彷徨うとき、自ずと幽体が離脱する、病を癒すためだ。特殊能力を授けられた与思子は——。〈遺伝子〉〈螺旋階段〉〈本〉〈夢〉〈魔女〉〈卵膜〉〈受胎〉etc. 幾つもの劇中劇が網目のようなイメージを織る。医療・幻想小説。　224頁2000円

外務官僚マキァヴェリ
港都ピサ奪還までの十年

978-4-89642-523-9

外務官僚マキァヴェリ30歳代の活躍を練達な筆致で描く「港都ピサ奪還までの十年」。レオナルド・ダ・ヴィンチや妻マリエッタ、チェーザレ・ボルジア公、ミケーレ将軍をはじめとして、歴史上の人物が続々登場する意欲的書き下ろし作品。　224頁2200円

八木浩介は未来形

978-4-89642-545-1

ベトナムの眼科医療に献身的に尽くす男の半生を描く、ヒューマン・ストーリー。＊本作は実在の眼科医・服部匡志氏をモデルとしているが、あくまでフィクションである。　208頁2000円

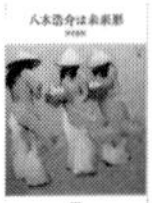

三つの街の七つの物語

978-4-89642-574-1

昭和の後期から平成の時代、与えられた生を真摯に生きる主人公と、彼をとりまく「病」、「愛」、「知」、「魂」、「生（性）」を、札幌、京都、大阪の三つの街地域色を重んじながら、七つの角度からあざやかに切り取った短篇連作。　176頁2000円

安土城築城異聞

978-4-89642-591-8

ボローニャ大学へ留学した俊雄はイタリア人宣教師コロンブス直筆の『光秀公謁見録』『信長公謁見録』を発見！高くそびえる天主閣、七重に構築された市街、信長の安土城だけが世界に魁て表現していた思想こもごもの秘密が明らかに…！　256頁2500円

未知谷

澤井繁男の仕事　文芸批評

文藝批評　生の系譜
作品に読む生命の諸相

978-4-89642-139-2

機能障害という負を引き受け、現実に死と直面し続けた者の視線は人の命を〈寿命〉ではなく〈定命〉と捉える。死の受容過程の中に位置付けつつ、各々の作家と作品の中にその生を読む。死を見据えることで生の淵源を探る評論20章。　函入208頁2000円

「鳥の北斗七星」考
受容する"愛国"

978-4-89642-195-8

「宮澤賢治の鳥と同じようなものなのだ。憎まないでいいものを憎みたくない」。機能障害のため生死と真摯に向き合ってきた著者が、「わだつみのこえ」の一文を契機に賢治、武田泰淳、野間宏等を読み解き、人と国家への愛を問う。　144頁1600円

未知谷